Jutta-Katharina Nachtigall

Na siehste, geht doch!

Jutta-Katharina Nachtigall

Na siehste, geht doch!

Die Lady wird zur Rockerbraut

edition fischer

Bibliografische Information Der Deutschen Bibliothek
Die Deutsche Bibliothek verzeichnet diese Publikation in der Deutschen Nationalbibliografie; detaillierte bibliografische Daten sind im Internet über http://dnb.ddb.de abrufbar

Orber Str. 30, D-60386 Frankfurt/Main

Schriftart: Times 11°
Herstellung: Satz*Atelier* Cavlar / NL
Printed in Germany
ISBN-13: 978-3-89950-199-5
ISBN-10: 3-89950-199-3

»Du musst zuerst fallen lernen«, sagt der muskulöse Hero in Blond, »fallen musst du lernen!«
Huch, habe ich da etwas falsch verstanden? Ich will doch gerade erst aufstehen, mich auflehnen gegen mein bisheriges Leben, neu anfangen. Fallen will ich nicht.

»Erst fallen lernen, damit du weißt, wie man richtig fällt, ohne sich dabei sehr wehzutun.«

Die schönen neuen Protektoren. Einfach fallen lassen? So leicht ist das nicht. Als Kind mit endlosem Vertrauen in die Welt, da kannst du dich vielleicht fallen lassen. Aber als erwachsener Mensch, der den Schmerz bereits kennt …

»Du musst nun bremsen lernen«, sagt der Hüne. Bremsen? Ich will doch nicht mehr bremsen. Ich will Gas geben, will endlich leben, ein wenig verrückt sein, viel lachen.

»Erst bremsen lernen, bevor du losläufst!« Okay, wenige Schritte nach vorn, dann bremsen, wieder nach vorn, wieder bremsen. Wie oft in meinem Leben wurde ich durch irgendetwas ausgebremst, wie oft habe ich selbst mich ausgebremst.

Nun darf ich laufen. Ist schon ein berauschendes Gefühl, so auf Inlinern herumzuturnen, zu versuchen, jede Kurve zu schaffen.

Die Steigungen sind interessanterweise verhältnismäßig einfach, anstrengend, aber einfach. Bergab wird es schwer. Ist das im Leben nicht genau andersrum?

Es war im April des Jahres 2000. Ich beschließe, mir die Haare abschneiden zu lassen. Lange blonde Locken fallen der Friseurschere zum Opfer. Aus dem Goldlöckchen soll eine freche Göre werden. Ja, frech will ich sein, vorlaut und witzig. Nicht mehr lieb und brav und abwartend. Frei nach dem Motto: »Liebe Mädchen kommen in den Himmel, böse überall hin.« Ich will nun überall hin.

Und die Inliner habe ich mir gekauft. Ein Jahr vor meinem 40. Geburtstag. Papa fand das anfangs gar nicht gut. Hatte er doch Sorge, sein Prinzesschen könne damit fallen, sich wehtun. Aber hallo, lieber Papa, ich bin eine erwachsene Frau. Papa hat mich zum Einkauf begleitet, argwöhnisch die verschiedenen Modelle begutachtet, verglichen und immer wieder ein »Ach Kind, muss das denn sein?« eingeworfen.

Schmunzelnd erzählt der nette Verkäufer, dass immer mehr ältere Leute Inliner laufen. Na, so nett ist er also doch nicht. Von wegen »ältere Leute«. Ich werde doch gerade wieder jung!

An der Kasse lässt Papa es sich nicht nehmen, die Rechnung für sein Prinzesschen zu bezahlen, komplette Inliner-Ausrüstung vom Feinsten, inklusive Gutschein für einen Kursus.

Und nun laufe ich Inliner. Erstaunen in meiner unmittelbaren Umwelt. Midlifecrisis? Kann sein. Aber lächelt ruhig. Ich tue etwas, das man von mir nicht erwartet hätte. Ein schönes Gefühl. Drei fast erwachsene Kinder, die nun ihrerseits wieder die Inliner herauskramen und ihre verrückte Mutter begleiten. Sie haben Spaß daran. Wir reden plötzlich anders miteinander. Ich bin nicht

mehr die Übermutter, die Glucke. Ich bin nun die Inliner laufende Freundin. Ein schönes Gefühl!
Nein, der Vater bleibt Vater. Zwar versucht er es, erklärt uns dann jedoch, dass er ja tiefer fällt als wir. Er ist immerhin 1,87 m groß. Und von dort oben ist der Absturz sicher schmerzhafter.
Kleine Prinzessinnen brauchen einen großen Prinzen, weil kleine Prinzessinnen sich selbstverständlich zu fein sind, mal eine Leiter bei Bedarf zu holen. Kleine Prinzessinnen rufen dann lieber ihren großen Prinzen, der überall herankommt.

Eine unbekannte Sehnsucht in mir. Noch will ich nicht bemerken, dass ich mich innerlich von meinem bisherigen Leben, von meinem großen Prinzen verabschiede, dass ich Veränderungen anstrebe und alles anders werden wird. Noch verschweige ich dies alles vor mir selbst. Noch steht mittags pünktlich das Essen auf dem Tisch, noch werden die Hemden sorgfältig gebügelt …

April 2001
Unser erster gemeinsamer Urlaub. Wir fliegen nach Kreta, mein herzallerliebster Gatte und ich. Ohne die Kinder. Wir haben Zeit für uns. Traumhaftes Kreta, griechische Freundlichkeit, die Sonne, die Wärme, der Strand und das Meer. In mir keimt Hoffnung auf. Das Leben kann doch wieder schön werden, ganz bestimmt. Wir werden wieder zueinanderfinden. Benehmen uns wie frisch verliebt, laufen Hand in Hand, küssen uns in aller Öffentlichkeit. Hey, wir haben sogar Sex am helllichten Tage, richtig guten, stürmischen Sex. Warum funktioniert das zu Hause nicht?
Die meiste Zeit verbringen wir am Strand. Wir bemühen uns beide sehr, gut drauf zu sein. Differenzen werden einfach übersehen, Störfaktoren ignoriert.

40 Grad im Schatten und er liest ein Buch über Verkaufsstrategien. Ich kann es nicht fassen. Urlaub vom Feinsten und er denkt an seine Arbeit!

Zu Hause, da greift der Alltag wieder. Sehnsüchtig denke ich zurück an die kleinen Kneipen auf Kreta, an die vielen fröhlichen Menschen. Sehne mich nach Musik und Fröhlichkeit. Mein Gatte sagt, er begreift nicht, dass ich auf Kreta tanzen wollte. Ich hätte doch früher nie tanzen wollen.
Nicht ganz richtig, lieber Gatte. Ich wollte immer tanzen, mein ganzes Leben schon. Wie soll ich es dir erklären? Ich möchte einfach fröhlich tanzen, wenn mir danach ist. Nicht gezwungen auf einem Feuerwehrball, wo feuchtfröhliches Treiben Pflicht ist. Ich möchte spontan singen und tanzen, und dann auch ausgelassen, ohne von jemandem in die Schranken zurückgewiesen zu werden. Ich könnte im Regen durch die Fußgängerzone tanzen, aber nicht, wenn du dabei bist und ein strenges Auge auf mich hast. Ich würde so gerne ... viel mehr tanzen, viel mehr lachen, viel mehr fröhlich sein.

Juni 2001
Heiß ist es. Wir fahren zu seinen Arbeitskollegen, ein Meeting mit den lieben Ehefrauen ist angesagt. Wir fahren mit seiner neuesten Errungenschaft, einer dicken BMW. Ich als Sozia. Die BMW muss vorgeführt werden. Ich auch?
Nach Ankunft in Lüneburg haben wir etwas Zeit, um uns aus der Motorradkluft rauszuschälen und uns anzuhübschen. Ich fühle mich nicht wohl. Elegant sein, geschminkt sein, das bin nicht wirklich ich. Verstohlen betrachte ich die anderen Ehefrauen. Bin fest davon überzeugt, gerade der unscheinbarste und hässlichste Mensch der Welt zu sein. Sicher kann ich auch Lippenstift auftra-

gen. Aber was bringt das? Ich lecke ihn ja doch gleich wieder ab, Störfaktor.
Unsicher sitze ich neben meinem Gatten, der bereits fröhlich mit seinen Kollegen plaudert. Und wie sie plaudern! Interessant zu beobachten, wie die Herren Verkaufsleiter und Key-Account-Manager gegenseitig prahlen, sich großtun, übertrumpfen wollen. Ich fühle mich so klein, minderwertig, Nur-Hausfrau, Anhängsel eines erfolgreichen Mannes.
Vorsichtig frage ich mal, ob denn nur Umsatz und Gewinn der Sinn des Lebens sei, ob es nicht auch noch andere Werte gebe. Und trete damit eine Lawine los. Verständnislose Blicke zu mir. Ja, müsste ich nicht dankbar sein, einen so erfolgreichen Mann zu haben und gut leben zu können? Mein angetrauter Ehemann lächelt mich an und fühlt sich nicht wohl. Ich hätte das nicht sagen sollen. Aber ich fühle mich auch nicht wohl. In Gedanken trenne ich mich gerade von ihm, aber das merkt er nicht, noch nicht.

Auf der Heimfahrt träume ich davon, nicht mehr Sozia zu sein. Seit meinem 16. Lebensjahr bin ich Sozia von irgendeinem Motorradhelden. Ich beneide still die mutigen Frauen, die selbst fahren, sich nicht hinter einem breiten Rücken verstecken. Eine Sehnsucht in mir, die ich kaum beschreiben kann. So vieles, was ich noch nicht erlebt habe. So viele Träume, die noch realisiert werden könnten. Berge von Bügelwäsche vor meinem geistigen Auge, die ewige Was-koche-ich-morgen-Frage, Gardinen müssten mal wieder gewaschen, Fenster geputzt werden. Sitze hinter dem breiten Rücken und der Gedanke lässt mich nicht mehr los: Selbst fahren, selbst fahren, selbst fahren …

Zu Hause packe ich brav die Taschen aus, stelle die Waschmaschine an und betätige mich als beste Köchin von allen. Und höre nicht auf zu träumen. Selbst fahren. Es ist nur ein Traum, ein Gedanke. Ich nehme den Gedanken abends mit ins Bett, wache am nächsten Morgen mit ihm auf.

Montag, 11. Juni 2001
Dunkelblauer Minirock, weiße Bluse, Stöckelschuhe. Ich fahre wie jeden Montag zu meiner Lieblingsbeschäftigung, Meeting in der Tupperware-Bezirkshandlung. Doch heute höre ich nicht, was unsere Bezirkshändlerin an Neuigkeiten erzählt. Sie gibt mir einen Zettel, auf dem folgende Worte stehen: *Du sagst, du kannst es nicht. Du sagst, das schaffst du nicht. Du sagst, das erreichst du nie. Du sagst, es sei zu schwer für dich, es sei unmöglich. Doch probiert hast du es nie.*
Ganz klein gefaltet verschwindet der Zettel in meinem Geldbeutel.

Sicher ist es Zufall, dass ich nach der Arbeit an einer Fahrschule vorbeifahre. Mit Minirock und Stöckelschuhen stehe ich vor drei Fahrschullehrern, die wohl gerade ihren Wochenplan durchsprechen. Anerkennende Blicke auf meine nackten Beine. Männer!

»Was können wir für Sie tun?« Er scheint der Chef zu sein.
»Tja«, antworte ich langsam, »Auto fahren kann ich schon. Aber würden Sie es sich zutrauen, mir auch das Motorradfahren beizubringen?« Bis heute weiß ich nicht, woher ich diesen Mut genommen habe. Der Zettel in meinem Geldbeutel.
Drei Männer starren mich an, zuerst ungläubig, wie mir scheint, dann grinsend. Gerade will mich ein Gefühl der Lächerlichkeit beschleichen, als der Chef antwortet: »Na klar, wieso nicht?«

Nicht mehr ganz so mutig werfe ich nun ein, mit meinen 157 cm vielleicht doch etwas klein zu sein für ein Motorrad. Sicher auch nicht stark genug. Doch er lächelt.»Komm mal mit.« Aus dem hochachtungsvollen Sie ist ein vertrautes Du geworden. Ach ja, Biker duzen sich.
Mulmig ist mir schon zumute, während ich ihm zu den Garagen folge. Er öffnet eine Tür und schiebt eine Riesenmaschine heraus, eine 750er Kawasaki in Blau.

»Setz dich mal drauf«, fordert er mich auf. Hilflos stehe ich neben der Maschine. Sind alle Motorräder sooooo groß? Als Sozia ist mir das nie so vorgekommen, wirklich nicht. Wo ist das nächste Mauseloch, in das ich kriechen kann? Mein Herz klopft irre laut, er müsste das eigentlich hören.
»Keine Angst«, sagt er (aha, er hat es gehört), »ich halte die Maschine fest, kann nichts passieren.«
Zögernd und zutiefst beschämt ziehe ich langsam meinen Minirock etwas nach oben. Er grinst. Zitternd versuche ich, mit meinem Lady-Outfit auf dieses Gefährt zu kommen. Na ja, wie erwartet, ich komme mit den Füßen noch nicht einmal in die Nähe des Bodens.
»Also nicht?«, frage ich traurig.
»Doch«, lächelt er. »Du brauchst nur ordentliche Klamotten, vor allem richtige Schuhe.«
»Hab ich doch«, berichte ich ihm.
»Na also. Dann packen wir die niedrige Sitzbank drauf, und du kommst Mittwoch mit ordentlichen Bikerklamotten zu einer Probestunde.«

Ups, das klang wie ein Befehl. Okay, also bis Mittwoch.

Herzklopfen! Das Herzklopfen hält den ganzen Tag. Auch am Dienstag. Und am Mittwoch bestehe ich nur noch aus Herzklopfen …

Horst, der Fahrschulchef, hatte gesagt, ich brauche einen Sehtest. Also, auf zu einem Optiker. Irgendwie habe ich das Gefühl, jede Faser meines Körpers, meines Herzens, meiner Seele, alles elektrisch geladen. Niemandem habe ich von meinen verrückten Plänen erzählt, obwohl ich innerlich vor Anspannung fast platze. Und damit eben dies nicht geschieht, berichte ich nun fröhlich und voller Begeisterung dem Optiker, wofür ich den Sehtest brauche.

»Ich will nämlich den Motorradführerschein machen!«

»Aha«, antwortet er gelangweilt. Es interessiert ihn nicht. Es interessiert ihn absolut nicht. Dabei ist es für mich gerade das Wichtigste auf der Welt.

Nun gut, meine Augen sind in Ordnung. Also ab zur Fahrschule. Die Mopedklamotten liegen im Auto, von mir aus kann es losgehen. Aber ganz so schnell geht das nun doch nicht. Die Maschinen sind alle unterwegs, falscher Zeitpunkt. Wir können aber schon die Formalitäten erledigen. Jede Menge Lehrmaterial bekomme ich in die Hand gedrückt. Beim Durchblättern wird mir ganz schlecht. An die Theorie hatte ich gar nicht gedacht. Aber nun gut, also wird mal wieder gebüffelt. Wir verabreden die erste Fahrstunde für nächsten Montag.

Zu Hause verstecke ich die wertvollen Papiere in meinem kleinen Büro. Mein Geheimnis, mein kostbarer Schatz.

Erste Fahrstunde.

»Na also, so siehst du doch schon ganz anders aus«, wird meine Lederkombi wohlwollend gelobt. »Ich bin Bernd und ich bringe dir das Fahren bei. Wir beide sind ein Team von heute an.« Zwei himmelblaue Augen strahlen mich schelmisch an. Er ist in meinem Alter, denke ich, wirkt nett und fröhlich. Langsam werde ich ruhiger.

»Dann hol die Süße mal aus der Garage.«

»Iiiiiich???« Ungläubig starre ich ihn an.

»Selbstverständlich du! Wenn du sie fahren willst, musst du sie auch schieben können. Oder glaubst du, es ist immer jemand da, der dir Prinzesschen das Moped bereithält?«

Mir wird gerade heißkalt bewusst, dass mein Leben lang immer irgendwo Menschen waren, die mir fast alle Unannehmlichkeiten abgenommen haben. Schweres tragen, Müll rausbringen, Sachen vom Schrank holen, einen Nagel in die Wand hauen …

Gute Güte, Bernd hat leider Recht. Sein Blick ist jetzt auch gar nicht mehr so freundlich, sondern irgendwie streng. Nur nicht kneifen jetzt! Auf gehts. Seitenständer hochklappen und schieben. Ähm, das wird nichts. Sie bewegt sich kein Stück nach vorne. Das liegt sicher daran, dass ich eisern damit beschäftigt bin, diese circa 270 kg nicht seitlich auf mich fallen zu lassen. Bernd lässt mich eine Weile kämpfen, bevor er mich dann gnädig erlöst. Mit spielerischer Sicherheit schiebt er die Maschine auf den Hof und stellt sie dort ab. Ich fühle mich echt bescheiden. Bin total deprimiert und mag ihn gar nicht anschauen. Welche Niederlage. Aber seine lachende Stimme zieht mich schnell aus der beginnenden Selbstmitleidsphase heraus.

»Ist ganz einfach, nur gewusst, wie. Auf jeden Fall darfst du keine Angst vor dem Motorrad haben.«
Mit Bernd an der Seite beginne ich wieder, die Maschine zu schieben. Und siehe da, nach einiger Zeit gehen wir einträchtig miteinander spazieren. Also, spazieren gehen mit Moped kann ich nun schon, schmunzel.

Maschine auf den Ständer stellen heißt die nächste Übung. Ist ganz einfach. Seitenständer runterklappen und fertig. Dann kommt der Hauptständer dran. Oh, muss das sein? Reicht nicht der Seitenständer? Nein? Ich muss da durch. Komme ganz schön außer Atem, bis ich endlich die Technik begreife. Morgen hab ich bestimmt Muskelkater.

Mit einer Engelsgeduld erklärt Bernd mir die verschiedenen Schalter. Gas, Bremse, Kupplung. Er erklärt mir die Schaltung, nach unten, nach oben, neutral. Ob ich ihm jetzt schon sagen sollte, dass ich ständig rechts und links verwechsle?

Nächste Übung. Maschine anlassen, ersten Gang rein, Kupplung gaaaaaanz langsam kommen lassen. Langsam im ersten Gang anrollen, Kupplung ziehen, bremsen, stehen bleiben. Boah, Gänsehaut. Der Sound der 76 PS, das Vibrieren des Motors. Und ich sitze allein auf der riesigen Maschine. Ein klitzekleines, zaghaftes Glücksgefühl breitet sich in mir aus. Ich fahre, ich fahre! Nun gut, ich rolle …

Gut gemacht. Ich darf in den zweiten Gang schalten, darf ein bisschen Gas geben. Bernd läuft neben mir her. Tausend Schmetterlinge habe ich im Bauch. Das klitzekleine Glücksgefühl wird größer und ich kann ein breites Lächeln nicht unterdrücken. Ich

Vorwort

»Papas Liebling«, so lautete der Arbeitstitel meiner geschriebenen Gedanken. Denn ist es nicht der Papa, der aus einem kleinen Mädchen eine Prinzessin macht? Irgendwie bin ich immer Prinzessin gewesen. Papas Prinzessin, Prinzessin meiner Brüder, meiner Onkel, meiner Freunde in der Schule. Ich war immer Prinzessin und wollte das auch sein. Bis …

… bis aus der »Prinzessin« eine »Rockerbraut« wurde. Hallo, hier bin ich, 49 kg verteilt auf 157 cm Lebensfreude, neugierig auf alles, was nach dem 40. Geburtstag noch passiert. Und das ist viel, sehr viel …

alte Oma sitze auf einer 750er Kawasaki, habe sie gestartet und fahre über den Hof.
Und genau jetzt, wo es beginnt, mir Freude zu bereiten, genau jetzt ist die erste Stunde zu Ende. »Reicht für heute«, sagt Bernd, übernimmt die Maschine und bringt sie in die Garage zurück.

Zu Hause mache ich mich fröhlich daran, meinen hausfraulichen Pflichten nachzukommen. Laute Musik aus dem CD-Player, Musik zum Mitsingen, das mag ich beim Hausputz. Die Terrassentür wird auf Vordermann gebracht, Kinder-, ähm, Entschuldigung, junge Erwachsenenhände und vorwitzige Hundeschnauzen haben da so ihre Spuren hinterlassen. Mein Göttergatte erscheint früher als erwartet und spürt vermutlich die knisternde Spannung in mir. Wie sonst ist es zu erklären, dass sein erster Weg nicht ins Büro geht, sondern direkt zu mir. Kuss auf die Nase und die direkte Frage: »Was ist geschehen?«
Nichts, wirklich, nichts ist geschehen, will ich antworten. Aber meine Augen hätten sowieso jedes Wort Lügen gestraft. Außerdem, kannst du mit einem enormen Glücksgefühl im Herzen schweigsam sein? Ich kann es nicht. Also sprudelt es überfröhlich aus mir heraus, so von wegen Motorrad fahren wollen, erste Stunde schon gehabt, später Motorrad kaufen wollen, gemeinsames Hobby, dann …, meine Stimme wird immer lauter, überschlägt sich fast, meine Augen füllen sich mit erwartungsvollen Freudentränen.
»Na, dann versuch das mal, wenn du wirklich willst. Ich bezahle dir das auch.«

Ups, hat er mir gerade eine Ohrfeige verpasst? Meine Stimmung stürzt aus dem bekannten himmelhoch jauchzend in das gefürchtete zu Tode betrübt. Ich fühle mich wie ein kleines Kind, dem

gerade großzügig erlaubt wird, ein großes Eis zu essen. Ich bezahle dir das auch, hallt es in mir nach. Ich bezahle dir das auch. Nein, so nicht! Wenn ich nun schon mal dabei bin, einen eigenen Weg zu gehen, dann will ich den auch selbst bezahlen. Und wenn du, lieber Gatte, meinen Verdienst als Tuppertante auch nicht ernst nimmst, ich werde es schaffen. Es handelt sich hier nicht nur um die Freizeitbeschäftigung einer frustrierten Ehefrau. Ich kann und werde fleißig sein. Diesmal hast du mich ganz klar unterschätzt. Keinen Pfennig aus deiner großzügigen Tasche möchte ich haben, nicht für meinen Führerschein, nicht für mein erträumtes eigenes Motorrad.
Ich schweige, widme mich wieder der Terrassentür. Das Thema ist erst einmal erledigt.

Wie würde ich finanziell zurechtkommen, wenn ich mich von ihm trenne? Was kostet so ein Leben eigentlich? Hier habe ich alles und noch viel mehr, hier bin ich gut aufgehoben, finanziell abgesichert, brauche mir beim Einkaufen keine Gedanken zu machen. Hier wohne ich in einem wunderschönen Winkelbungalow mit riesigem Grundstück, fast direkt am See. Unsere Bekannten beneiden uns darum. Hier brauche ich nur einen Wunsch materieller Art zu äußern, bald schon wird er mir erfüllt.
»Schatz, der Juwelier in der Innenstadt macht Ausverkauf. Du, die haben da so wunderschönen Opalschmuck, ein herrliches Collier, zauberhafte Ohrringe. Ich dachte nur so, zu meinem Geburtstag oder so …«
Schon am nächsten Tag schmücken mich sowohl Collier als auch Ohrringe, obwohl ich keinen Geburtstag habe. Glücklicher werde ich dadurch nicht. Und eigentlich brauche ich auch keinen Luxus. Gut, Opale mag ich wirklich gern. Ich würde sie auch lieben, wenn sie nicht so teuer und kostbar wären. Opale sind für mich

Mitteilungsdrang

Ob es wirklich ein weibliches Phänomen ist? Keine Ahnung. Aber ich muss mich mitteilen. Meine Vorsätze, niemandem von der Fahrschule zu berichten, sind dahin. Es muss doch jemand die Freude mit mir teilen. Und ich muss doch irgendwo meine aufregenden Erlebnisse loswerden. Jemand muss mir zuhören und in allen Einzelheiten die Fahrstunden berichtet bekommen. Also rufe ich zuerst meine beste Freundin Frauke an.

»Ist nicht wahr! Du Zwerg auf einem Motorrad?« Sie lacht.

»Hey, du solltest doch nicht lachen!«

»Finde ich genial. Du schaffst das. Du bist schon eine Verrückte.«

Jetzt rufe ich Mama an. Sie soll auch wissen, was ihre älteste Tochter so kurz vor dem 40. Geburtstag noch anstellt. Mama wollte früher auch gern Motorrad fahren. Damit war Papa allerdings nicht so sehr einverstanden und hat sie vor die Wahl gestellt: »Entweder Motorrad oder ich!« Wir Kinder haben sie dann davon überzeugt, doch den Papa zu behalten. Na, und den hat sie heute noch. Ein Motorrad hätte sicher nicht so lange gehalten.

Mama reagiert erwartungsgemäß positiv. »Du schaffst das«, sagt sie, »ich freue mich für dich.« Papa allerdings macht sich Sorgen. »Kind, das ist doch so gefährlich.« Ach Papa, das Leben ist im Allgemeinen so gefährlich, dass man daran sterben kann.

So, nun bin ich es los. Und nun muss ich unbedingt den Führerschein bestehen.

Zwischendurch teile ich meinem Gatten so nebenbei immer öfter mit, dass ich mein Leben verändern muss.

»Ja, mach das.«

Ich teile ihm mit, dass ich nicht sehr zufrieden bin mit meinem

Dasein als Hausmütterchen und Putzfrau, dass ich mich zu jung fühle, um bereits zu versauern.
»Na, du hast doch deine Tupperei und jetzt noch den Motorradführerschein.«
Ich teile ihm mit, dass unser großes Haus nach dem Auszug der Kinder irgendwie tot ist, ich mich hier nicht mehr wohl fühle.
»Musst ja nicht in jedes Zimmer gehen.«
Wir könnten doch mal renovieren, oder? Neue Farben, warm und mediterran. Vielleicht die Terrasse gemütlicher gestalten.
»Ja, wenn Zeit und Geld da ist.«
Die Diele könnte auch einen neuen Anstrich gebrauchen. Etwas mehr Gemütlichkeit. Vielleicht neue Gardinen für das Wohnzimmer.
»Ja, ja, ja, wenn …«

Hilflose Traurigkeit macht sich in mir breit. Wieso soll ich ein Haus liebevoll sauber halten, wenn ich es doch gar nicht mehr lieb habe? Wenn ich mich doch gar nicht mehr wohl fühle darin? Wie gern würde ich selbst die Wände streichen, mit Farbe klecksen. Aber das darf ich nicht. Ich würde auch gern tapezieren. Gut, ich kann das nicht oder zumindest habe ich es noch nie versucht. Aber der Zettel, der noch immer in meinem Geldbeutel steckt! Ich könnte es doch mal versuchen, Kleister anrühren, Tapeten abschneiden, Kleister drauf und ab an die Wand. Ich könnte es doch mal versuchen. Aber das darf ich nicht. Auch mein Vorschlag, ein Bekannter aus dem Dorf, der zurzeit arbeitslos ist, könnte doch …, stößt auf Widerstand. Nein, mein Gatte macht das selbst, wenn er denn mal Zeit hat (hat er nie!), oder es werden professionelle Handwerker bestellt, wenn das Geld dazu da ist (ist es wohl nie). Es soll ja schließlich ordentlich werden.

Rechts oder links?
Wir fahren Landstraße. Einfach über die Dörfer. Ach ist das herrlich! Kaum Ampeln, einfach nur fahren, die Landschaft genießen, den Fahrtwind spüren. Keine Probleme. Oder doch?
»Nächste Straße rechts«, gibt mir mein Fahrschullehrer auf. Ich blinke schon mal ganz brav rechts und frage mich, wo denn hier rechts eine Straße abgeht.
»Nächste rechts!« Bernd wird lauter. Jahaaaaa, habe ich schon verstanden. Nur sehe ich rechts keine Straße. Und außerdem kenne ich die Strecke eigentlich. Hier ging noch niemals rechts eine Straße ab. Mein Blinker blinkt. Ich werde langsamer, suche. Bernds Stimme im Ohr, genervt: »Ich möchte bitte die nächste RECHTS, wenn es denn der Dame gefällt.« Na toll, denke ich, hier geht nur links eine Straße ab.
»Also, ich verlasse dich dann und biege hier rechts ab«, sagt Bernd mit mitleidigem Ton.
Oh Mist, nun war es also passiert. Mal wieder links und rechts verwechselt. Bremsen, runterschalten, Blinker zum anderen rechts und ab rein in die Straße. Gerade noch geschafft, das war knapp. Bernd lacht.

Stefan bringt mein Internet. Ich freue mich und bin schrecklich aufgeregt. Gleich kann ich die E-Mail schreiben. Zappelig verfolge ich, wie er die vielen Kabel wieder irgendwo anschließt, diesmal irgendwie mit dem Telefon verbunden. Er startet den Computer und das wunderschöne Urlaubsbild erscheint. Fein, fein, ich freue mich.
»Und wo ist nun die Taste für das Internet?« Stefan ist ein ruhiger und besonnener Mensch und reagiert erst mal gar nicht auf meine Frage. Er tippt irgendwas ein, aber es funktioniert wohl nicht so, wie er das wollte.

»Okay, ich hatte dir Freenet als Provider eingerichtet. Aber das Einwählen klappt nicht.«

»Können wir dann was anderes nehmen?«

»Ja, hast du eine CD?«

Sicher habe ich CDs, jede Menge. »Was willst du hören?«

Er verdreht die Augen.

»Vielleicht von AOL, die senden doch oft CDs per Post als Werbung«, fragt er.

»Ja, ganz viele. Ich finde die toll. Die benutze ich als Glasuntersetzer.«

Sofort renne ich in das Wohnzimmer und hole einige der silbernen Scheiben. Ich wische die CDs mit einem feuchten Tuch ab und reiche sie dem sprachlosen Stefan.

Klingt vielleicht unwahrscheinlich, aber alles klappt. Mein Provider heißt nun also AOL. Stefan hat genug Zeit mitgebracht, um mit mir gemeinsam die ersten Schritte im Internet zu gehen. Wir suchen einen Namen für mich aus und ein Passwort. Wir loggen uns ein und werden von einer Frauenstimme begrüßt: »Willkommen.« Genial. Sie sprechen mit mir. Eine ganz neue Welt öffnet sich. Bilder, die sich bewegen, Musik, kleine Filme wie im Fernsehen. Aufregend, aufregend. Bevor Stefan mich mit dem Internet allein lässt, erhalte ich noch einige wichtige Instruktionen. Er warnt mich vor unseriösen Seiten. Also bitte, ausgerechnet mich. Ich schaue doch nicht auf unseriöse Seiten. Und beim Chatten soll ich vorsichtig sein. Chatten? Niemals, ich werde doch nicht chatten, auf keinen Fall. Tja, und nun habe ich Internet.

Ob ich meinen 40. Geburtstag groß feiern will, werde ich gefragt. Nöö, nicht wirklich. Lieber möchte ich mich an diesem Tag verkriechen, meinen Personalausweis vernichten, jeden Spiegel zertrümmern. Feiern? Danach ist mir wirklich nicht. Wenn meine wie Zaubersteinchen, sie ziehen mich magisch an. Schau dir mal an, wie die Farben sich verändern, wie sie strahlen, wie sie zu leben scheinen. Aber ich wäre wirklich nicht böse gewesen, hätte er sie mir nicht gekauft. Im Gegenteil, ich selbst wäre sicher viel zu geizig (oder vernünftig?) gewesen, um so viel Geld für Schmuck auszugeben.

Was also kostet das Leben? Darüber sollte ich nachdenken.

Samstag zweite Fahrstunde. Ja, ich habe die Maschine aus der Garage geholt! Stop and go heißt die nächste Übung. Anfahren, nach einigen Metern halten, mit dem rechten und dem linken Fuß abwechselnd auf gerader Strecke stehen bleiben. Da es für mich unmöglich ist, mit beiden Füßen gleichzeitig auf den Boden zu kommen, denke ich, diese Übung ist für mich ideal. Doch weit gefehlt, da habe ich mich tüchtig getäuscht. Die Gewichtsverlagerung auf der schweren Maschine bewirkt eine Gewichtsverlagerung der Maschine selbst. Will sagen, eine falsche Lenkerbewegung, und die ganze Masse droht zu stürzen. Ich kämpfe. Bernd zeigt sich heute von der strengen Seite. Er schnauzt mich an: »Halte den Lenker gerade. Schon dreimal mit dem rechten Fuß, hast du links keinen? Brems nicht so hart, mehr Gefühl bitte. Hast du kein Gefühl?«

Und ob ich Gefühl habe, leider viel zu viel. Bloß nicht weinen, bloß nicht. Wieso schreit dieser Mensch mich an? Womit habe ich das verdient? Ich bemühe mich doch. Menno, ich selbst habe noch nicht einmal meinen Hund angeschrien, als dies auf dem Hundeübungsplatz von mir verlangt wurde. Für das Kommando PLATZ habe ich für mein Hundemädchen die sanften Worte »Nimm Platz, Lady« gewählt. Und sie hat gehorcht, ehrlich. Nun gut, auf dem Hundeplatz war das nicht gern gesehen und wir wurden dann auch nach einigen Stunden aufgefordert, nicht mehr am Lehrgang teilzunehmen. Aber deswegen fange ich doch das Schreien nicht an.

Klatschnass bin ich und irgendwie gar nicht mehr fröhlich. Bin heute Morgen so voller Zuversicht losgefahren, und nun das. Nach etwa 40 Minuten darf ich diese ungeliebte Übung beenden. »Fahr nun einfach mal nach Gefühl die Straße rauf und runter. Kannst auch mal in den dritten Gang schalten, wenn du willst.« Jahaaaa, ich will. Unser Übungsplatz liegt im Industriegebiet mit einem riesigen Wendehammer für Lkws. Hier kann ich bequem drehen und die Strecke wieder zurückfahren. Es ist ein tolles Gefühl, Gas geben, hochschalten, noch mal Gas geben. Leider ist die Strecke viel zu kurz. Trotzdem entschädigt mich das Fahren schnell für meine Misserfolge beim Stop and go. Dann soll ich im Wendehammer Dauerrunden drehen, Kreise fahren. »Mehr Gas, schneller, tiefer legen, schneller! Keine Angst, du fällst nicht.« Interessante Erfahrung, ich falle tatsächlich nicht.

Zurück in der Fahrschule wird aus dem strengen Bernd wieder ein netter Mensch. Er gibt mir einen Klaps auf den Hintern (es sollte nicht der letzte sein) und grinst mich an: »Du schaffst das!« Ich strahle. Er will die Maschine in die Garage schieben. Aber stopp, das kann ich bitte schön allein. Trotzig schiebe ich »mein« Motorrad zurück, verabschiede mich von ihm, bis nächste Woche. Bernd grinst immer noch.

Wie ein Fremdling schleiche ich durch das große Haus, wie ein Fremdkörper, der hier nicht hingehört. Mein Gatte ist oft auf Übernachtungstour, mal so zwei bis drei Tage außer Haus. Was wohl passieren würde, wenn ich während einer solchen Tour einfach die Diele orange streiche? Mein erster freiwilliger Baumarktbesuch. Ich schaue mir die vielen Farben an, die irgendwie noch gemischt werden müssen. So viele verschiedene Marken, so unterschiedliche Preise. Farben für draußen, Farben für drinnen, Farben für Holz, Farben für Wände. Oh Gott, was nimmt man denn da? Ich gebe auf, Schwierigkeitsgrad in meiner derzeitigen Phase schlichtweg noch zu hoch. Aber immerhin, der Wille war schon mal da. Vielleicht bei der nächsten Übernachtungstour. Zum Ausgleich besuche ich noch einen »Baumarkt für Frauen« und gönne mir eine neue Bodylotion und eine Gesichtsmaske. Die Seele braucht das.

Extrem heiß der Sommer 2001. Während meine Nachbarn dürftig bekleidet im Garten liegen, zwänge ich mich erwartungsvoll in meine Lederkombi, versuche mein Herzklopfen unter Kontrolle zu halten und mache mich auf den Weg zur nächsten Fahrstunde. Heute soll ich mal richtig auf einer ganz normalen Straße fahren. So mit Knopf im Ohr und Bernd fährt mit Auto hinter mir her. Vorher noch einmal Stop and go üben im Industriegebiet, damit das Anhalten an den Ampeln klappt. Mir wäre ja lieber, wir würden einfach eine Strecke ohne Ampeln fahren.
Zwei etwa 10-jährige Jungen beobachten uns. Sie stehen am Straßenrand, die Arme gestützt auf die Lenker ihrer Fahrräder. Ob sie davon träumen, auch mal Motorrad zu fahren? Sie verfolgen mich mit ihren Blicken. Und sie werden Zeuge, wie ich zum ersten Mal mit dem Moped umfalle.

Anfahren, anhalten, Lenker verrissen, kämpfen, aufgeben, umfallen!
Ich liege unter der Maschine, ein dicker Tränenschleier nimmt mir jede Sicht. Bernd kommt angerannt und schreit schon von weitem, ob mir etwas passiert ist. Ich warte still auf ihn. Mit einem Ruck drückt er das Motorrad hoch, ich stehe zitternd auf.
»Hast du dir wehgetan?«
»Ja.«
»Wo?«
»Im Herzen.«
Er nimmt mich kurz in den Arm, tröstet mich einen Moment, um mich dann unvermittelt anzuschreien, ich solle sofort wieder auf die Maschine.
»Wir sind ja schließlich nicht zum Spaß hier!«
Schockiert von dieser Reaktion will ich sofort aufgeben. Will weinen, will nach Hause. Er sammelt nur ruhig die Scherben des zerbrochenen Blinkerglases ein (es sollte nicht der Letzte sein) und faucht mich dann an: »Hey, Zeit ist Geld. Ich denke, du willst Motorrad fahren? Dann ab auf die Straße.«
Ich zittere wie doof, bekomme meine Hände nicht unter Kontrolle, die Beine wackeln einfach so vor sich hin, als würden sie gar nicht zu mir gehören. Bernd kommt erneut zu mir, reißt das Visier meines Helmes hoch, kriecht fast hinein und schreit: »Stell dich jetzt bloß nicht so mädchenhaft an! Jetzt wird anständig gefahren!«
Ich habe erst viel später begriffen, dass er genau richtig reagiert hat. Er hat mich durch diese Strenge vor dem Aufgeben bewahrt. Die restliche Fahrstunde entschädigt mich für alles. Der Umfaller ist schnell vergessen. Meine erste Tour auf einer öffentlichen Straße ist wunderbar, meine Stimmung schnell wieder fröhlich.

Für meinen Papa,
weil ich noch heute gern sein »kleines Mädchen« bin.

Und für meinen Freund Ralf,
weil er mir mehr zutraute, als ich selbst.

Zu Hause bemerke ich, bei dem Umfaller ist einer meiner hochgezüchteten Fingernägel abgebrochen. Früher wäre das für mich ein Weltuntergang gewesen. Heute ist es mir egal. Ich hole die Schere und schneide alle anderen Fingernägel gleichfalls kurz. Was bedeuten schon lange Fingernägel?

Die Nachbarn sitzen noch immer in Bikinis und Badehosen im Garten. Und ich mag meine Kombi nicht ausziehen. Natürlich ist mir warm, heiß, ich schwitze, ich zerfließe fast. Aber dieses geniale Gefühl in der Lederkluft, den Stiefeln. Es vermittelt mir ein nie gekanntes Gefühl von Stärke. Nein, ich mag gar nicht raus aus meinem »Rocker-Outfit«, bleibe einfach im kühlen Schatten. Ich fühle mich soooooo guuuuuut!

Willst du wissen, wie ein Tag bei uns so aussieht? Morgens nach dem Kaffee geht mein Gatte in sein Büro, das hier bei uns im Haus ist. Ich räume die Küche auf, stelle die Waschmaschine an, mache die Betten und so weiter. Dann packe ich vielleicht Ware, ich bin doch Tuppertante. Oder ich bereite Vorführungen vor. Gehe einkaufen. Fahre Ware liefern oder Gastgeberinnen besuchen. Zwischendurch gibt es Essen. Mein Gatte kann nicht fertig essen, das Telefon klingelt, er muss ins Büro. Abends verabschiede ich mich von meinem Gatten, der im Büro sitzt, zum Tuppern. Ich freue mich darauf, wenn ich abends tuppern kann. Es ist ein schönes Gefühl, erwartet zu werden. Die Gäste (längst nicht immer nur Damen) hängen mir an den Lippen, hören mir zu, lachen über meine Scherze. Ich bin gern Tuppertante.
Dann fahre ich nach Hause. Mein Gatte sitzt im Büro. Ich schalte den Fernseher ein, manchmal sortiere ich die Preislisten von der Vorführung, rechne nach, bereite die Bestellung vor. Irgendwann schalte ich den Fernseher aus. Mein Gatte sitzt im Büro. Ich gehe

ins Bad und anschließend ins Bett. Mein Gatte schaltet den Computer aus und folgt mir …

Ich hasse sein Büro!

Aber ich habe auch eins. Nur sieht mein Büro nicht wirklich wie ein Büro aus. Die Wände sind vollgestellt mit Bücherregalen. Zwischen all den vielen Büchern sitzen die verschiedensten Plüschtiere und Krimskrams. Eigentlich sieht mein Büro mehr aus wie ein Kinderzimmer. Immerhin steht ein ordentlicher Schreibtisch darin, und auf dem Schreibtisch einen kleinen Laptop (Ausschuss aus dem Büro meines Gatten), daneben ein uralter, aber funktionstüchtiger Drucker. Ich nutze Laptop und Drucker nicht wirklich optimal. Zwar kann ich gut mit Word umgehen, Excel jedoch bereitet mir große Schwierigkeiten. Alles, was irgendwie mit Zahlen und geraden Linien zu tun hat, bereitet mir große Schwierigkeiten. Das liegt daran, dass ich mich davor verschließe. Zahlen und gerade Linien, die mag ich eben nicht. Also lasse ich sie nicht wirklich an mich heran.

Meine Kundendatei führe ich handschriftlich auf kleinen Karteikärtchen. Das bereitet mir Freude, zumal die Kästchen für die Karten bunt sind und zum Teil mit netten Blumenaufklebern versehen. Ja, ja, ich bin schon immer etwas kitschig und verspielt gewesen. Und altmodisch, schrecklich altmodisch. Kabel-TV? Brauchen wir nicht! Internet? Nie im Leben!!! Auf gar keinen Fall!!!
Mein Fernsehkonsum unterscheidet sich wahrscheinlich auch etwas von dem der breiten Masse. Gehöre ich doch zu den Menschen, denen der Film um die Werbung immer zu lange dauert. Ich liebe Werbung. Kann mich schrecklich darüber aufregen,

kann mich wahnsinnig darüber amüsieren. Ich liebe Werbung. Mittlerweile folgt nach fast jedem Werbespot der Hinweis: Nähere Informationen erhalten sie unter www.blablabla.de. Das macht natürlich neugierig.

Im Büro meines Gatten ist schon lange Internet. Er braucht das für die Arbeit. Ich durfte da schon mal die faszinierende Onlinewelt betrachten. Aber nur anschauen. Nichts anklicken. Mal schauen, was Herr Neckermann so alles zu bieten hat. Aber nicht bestellen. Obwohl so ein niedlicher Einkaufswagen auf den Seiten regelrecht dazu auffordert. Darf ich aber nicht, ist ja ein Firmencomputer.

Nun brauche ich selbst ein Internet! Die neue Werbung von Langnese-Eis finde ich total nicht schön und rege mich schrecklich auf. Das muss ich unbedingt schreiben. Unbedingt eine E-Mail schicken. Also brauche ich Internet.
Stefan hat einen PC-Laden in der Stadt. Ich nehme meinen Laptop und besuche ihn mal. Er freut sich, mich zu sehen, aber nicht sehr lange.
»Kannst du mir hier ein Internet reinbauen?« So ganz begreife ich noch nicht, wie das World Wide Web funktioniert. Stefan schüttelt verneinend den Kopf, schmunzelt und sagt:
»Nein, der ist zu klein, du brauchst einen ordentlichen Rechner.«
Nö, rechnen will ich nicht. Ich will ein Internet. Geduldig erklärt Stefan, dass mit Rechner ein Computer gemeint ist. Aha.
»Geht nicht auch ein Laptop?«
»Doch, aber nicht deiner. Der ist zu klein.«
Gut, dann will ich einen größeren, wo ein Internet reinpasst. Stefan lacht wieder. Und schüttelt schon wieder den Kopf. Aber er zeigt mir drei Laptops, erklärt mir dazu irgendwelche komischen

Zahlen, die ich nun wirklich nicht verstehe. Ich höre daher auch gar nicht wirklich zu, sondern konzentriere meine Aufmerksamkeit auf die Optik der drei Geräte. Das eine gefällt mir schon mal gar nicht, so von der Farbe her. Das zweite hat als Hintergrundbild eine mir unbekannte weibliche Person. Nein, auf keinen Fall, diese schrecklich schöne Frau will ich nicht in meinem Büro haben. Aber das dritte, ja, das dritte gefällt mir ausgesprochen gut. Eine wunderschöne Urlaubslandschaft ist auf dem Bildschirm zu sehen. Stefan grinst wie ein Honigkuchenpferd. Meine Auswahlkriterien amüsieren ihn köstlich.
»Okay, und mit welchem Provider möchtest du online gehen?«
Entsetzt und fassungslos starre ich ihn an. Provider? Wer, bitte schön, ist denn der Provider? Ich möchte alleine online gehen, nur ich. Kein Firmeninternet, ich möchte Einkaufswagen anklicken dürfen. Keinen Provider!
Stefan bleibt ruhig. Nachdem ich mich dann kleinlaut mit irgendeinem Provider einverstanden erklärt habe, fragt er nach meinem Telefonanschluss. Analog? ISDN? Häää? Weiß ich doch nicht.
»Stefan, bitte mach doch einfach Internet da rein und bringe es zu mir. Dann siehst du doch mein Telefon. BITTEEEEEE!«
Mittlerweile sieht er doch etwas verzweifelt aus. Letzte Frage von ihm, ob mir das normale Office-Programm reicht. Na klar, alles Normale reicht mir eigentlich. Er nickt. Ich verabschiede mich, gehe zur Tür, drehe mich noch einmal um und frage:
»Du, Stefan, da ist doch dann hoffentlich auch Word und so drin?«
»RAUS!«
Okay, in zwei Tagen kommt er und bringt mir das Internet.

Eltern zu Besuch kommen würden, ja, das würde mich freuen. Wir sehen uns zu selten. Sie wohnen über 400 km entfernt in Hessen. Aber sonst ...
Was ich mir zum Geburtstag wünsche, fragt mein Gatte. Ich wünsche mir, dass die Diele neu gestrichen wird, mediterran, freundliche Farben, orange. Nur die Diele, BITTE!!!

Natürlich wird es doch eine Party, ob ich will oder nicht. Eine liebe Freundin hat mehrere Torten gebacken und mitgebracht. Meine Eltern und mein jüngster Bruder sind aus Hessen gekommen. Freunde und sogar Tupperkundinnen kommen zum Gratulieren. Vierzig Teelichte werden aufgebaut und angezündet und mein Bruder singt gemeinsam mit den anderen Gästen mein heimliches Lieblingslied: »Geh aus mein Herz und suche Freud.«
Jede Menge Post heute, das Telefon will nicht stillstehen. Ich bin sehr glücklich, dass so viele Menschen an mich denken. Die Diele ist leider noch nicht gestrichen. Mein Gatte schenkt mir einen Bananenbaum.

Mittlerweile weiß die halbe Welt, dass ich den Motorradführerschein mache. Wir wohnen hier eben auf dem Dorf, da wird man beobachtet, da wird man gesehen und da wird getratscht. Da erreicht mich eine SMS mit der Frage: »Warst du das eben in Mopedklamotten vor der Fahrschule?« Ja, das war ich.
Der Juniorchef hat mich trotz Helm beim Üben im Industriegebiet erkannt. Muss er denn seinen Hund ausgerechnet dann Gassi führen, wenn ich dort den Slalom übe und diese kleinen Bimolen, oder wie die Dinger heißen, umfahre? Peinlich, peinlich.
Als ich ihn das nächste Mal sehe, fragt er sofort:
»Warst du das auf der Kawa?«
»Jepp.«

»Stark. Wie viel PS?«
»76.«
»Stark. Machste den Lappen?«
»Jepp.«
»Stark!«
Liebe Leute, ich muss nun unbedingt die Prüfung bestehen. Aber bis dahin ist noch ein weiter Weg.

Murphys Gesetz

Das Fahren habe ich recht schnell gelernt. Sogar das Schalten klappt prima. Aber das Halten! Vor jeder Ampel bete ich, bitte sei grün. Solche Gebete werden leider nicht erhört. Eine Ampel ist ein grünes Licht, das beim Näherkommen grundsätzlich rot wird. So ist das.
Bernd fährt im Auto hinter mir her. Über meinen Knopf im Ohr gibt er mir Anweisungen. Mehr als einmal ärgere ich mich darüber, dass ich nicht antworten kann.
Wir fahren über die Dörfer. Kopfsteinpflaster. Ich hasse es. Auch noch Tempo 30, dabei würde ich lieber Gas geben, um schnell wieder auf einer ordentlich geteerten Straße fahren zu können. Da ich jedoch schon etliche Anschnauzer wegen zu schnellen Fahrens in geschlossener Ortschaft über mich habe ergehen lassen müssen, halte ich die 30 brav ein. Ruckel, ruckel, ruckel. Und dann endlich die Erlösung, das Kopfsteinpflaster wird von einer fein geteerten Straße abgelöst. Ich lächle dankbar.
Bernds Stimme erklingt: »Na, das war doch prima. Kopfsteinpflaster ist gut gegen Cellulitis. Das machen wir gleich noch mal.« Ich höre sein Grinsen regelrecht. Und, linke Hand zum Gruße, zeige ihm frech den Mittelfinger. Ups, war ich das? Bin enorm erschrocken über meine ungehörige Reaktion. Bernd lacht und schickt mich weiter über die Dörfer.

Nebenbei seine frechen Bemerkungen im Ohr. Wir fahren kurvenreiche Landstraßen (jahaaa, auch in Schleswig-Holstein gibt es herrliche Kurven!).
»Sieht klasse aus, hast tolle Kurven. Ähm, wollte natürlich sagen, hast 'ne tolle Kurvenlage.«
Frechdachs! Ich mag dich.

Wir verstehen uns gut, bis zu den Momenten, wo ich anhalten muss. Ich zapple schon vorher aufgeregt auf dem Moped herum, werde unsicher, nervös. Die Angst vor dem Anhalten lässt mich genau die Fehler machen, die ich eben nicht machen soll. Und immer wieder falle ich einfach um. Er schreit in das Mikrofon:
»Du fällst diesmal nicht!«
Ich kämpfe, kämpfe, kämpfe ... und falle doch. Wieder ein Blinker kaputt. Ich traurig, Bernd wütend. Doofes Spiel.

Theorie
Zu Hause sitze ich vor den Fragebögen. Die Fragen sind zum Teil richtig blöd, finde ich. Einige lassen mich auch erkennen, dass mein Autoführerschein doch schon etliche Jahre zurückliegt. Ich frage mich ernsthaft, ob es nicht sinnvoll ist, nach 20 Jahren erneut eine theoretische Prüfung abzulegen. So zum Auffrischen. Aber ganz gleich, wo ich dieses Thema anspreche, ich werde fast gesteinigt. Davon wollen die »erfahrenen« Autofahrer nichts hören. Sie kennen sich aus im Straßenverkehr, ganz klar. Auf konkrete Theoriefragen erhalte ich aber oftmals nur ein ratloses Schulterzucken als Antwort. Na guck!

Ich finde die Fragen mit Beiwagen doof. Also, wenn Moped mit Beiwagen rechts in die Kurve geht (wo ist noch mal rechts?), zu welcher Seite könnte es dann umfallen? Komische Frage. Ich sehe

hier keine Logik. Muss sich ein Mann ausgedacht haben. Ich frage Bernd, ob ich mir nicht einfach in den Führerschein eintragen lassen kann: »Darf und will nicht mit Beiwagen fahren.«
Und noch ein Zusatz müsste auf das Papier: »Darf niemals in Ortschaften fahren, in denen eine Straßenbahn fährt.« Das sind nämlich auch so komische Fragen.

Gedankensprung. Januar 1980. Autoführerschein. Kurz vor der Prüfung kommt mein Fahrschullehrer Hans auf die Idee, mal in eine große Stadt zu fahren. Nach Kassel. Wir stehen an einer riesengroßen Kreuzung. Feierabendverkehr. Es ist die Hölle! Ich bin ein Dorfkind und werde das immer bleiben.
Neben uns steht eine Straßenbahn, und die Schienen führen genau, ich sehe es, über meine Fahrbahn.
»Du hast Grün, bitte fahr«, sagt Hans.
»Nein, lieber nicht, ich habe Zeit.«
»Du hast Grün, du MUSST fahren.«
»Besser nicht.«
»Du hältst den gesamten Verkehr auf. Fahr jetzt endlich los!«
»Lieber nicht, guck doch mal die Schienen …«
Armer Hans, er war der Verzweiflung nahe.

Mein Mann liest ein Buch! Nein, keins über Verkaufsstrategien oder Nielsen-Zahlen. Ein richtiges Buch. Ich bin mehr als erstaunt, denn solange ich ihn kenne, hat er niemals etwas gelesen, das nichts mit seiner Arbeit zu tun hatte. Auch hat er kein Interesse an Filmen oder Musik. Er kennt keine Schauspieler (na ja, John Wayne sicher), keine Musikgruppen (okay, die Beatles), keine Schriftsteller (bestimmt hat er mal von Goethe gehört). Im Gegensatz zu mir. Ich mag Musik, mag gute Filme, liebe Bücher, Literatur und Lyrik. Immer, wenn ich ihm etwas von Musik, Büchern

oder Kino erzählen möchte, sagt er: »Wer ist das denn? Kennt doch keiner.«
Und nun liest er ein Buch. Ein Buch über Wege zum zufriedenen Leben.
»Bist du denn mit deinem Leben nicht zufrieden?«, frage ich vorsichtig.
»Doch. Das Buch habe ich von meinem Chef geschenkt bekommen. Lese nur mal so in der Zeit, in der die Datenübertragung am Rechner so lange dauert. Stehen einige gute Sachen drin, die ich auf meine Mitarbeiter übertragen und somit nutzen kann.«
Ach so, na ja, hätte ja sein können. Ich nutze die Gelegenheit, um ihm zu sagen: »Aber ich bin recht unzufrieden mit meinem Leben.«
Erstaunt schaut er mich an. »Willst du das Buch mal lesen, wenn ich fertig bin? Vielleicht bringt es dir was.«
Ich sage ihm, dass es mir wohl mehr bringt, wenn wir mal miteinander reden.
»Wieso? Womit bist du denn unzufrieden? Wir haben doch alles, ein tolles Haus, es geht uns gut. Ich kann dich nicht verstehen!«
Ja, Letzteres bemerke ich schon seit geraumer Zeit, werter Gatte.

Was wohl die Leute sagen, wenn ich mich von ihm trenne? Wir gelten als Traumpaar. Noch nie hat man uns streiten hören, noch nie irgendwo schlecht gelaunt erlebt. Überall sieht man uns in einträchtiger Gemeinsamkeit. Mein Gatte macht mir in aller Öffentlichkeit Komplimente, umgarnt mich, ist charmant und aufmerksam. Alle sehen doch, wie glücklich wir sind und wie sehr wir uns lieben. Nur ich leider nicht mehr. Was werden sie wohl alle sagen, wenn ich mich trenne?

Zwischendurch wage ich mich mal in einen Motorradladen. Mal gucken, ob es wohl ein echtes, so richtiges Motorrad gibt, mit genug PS, aber vielleicht etwas kleiner als alle die großen. Eines, auf dem ich sitzen kann und mit den Füßen bis zur Erde komme. Eines, mit dem ich nicht umfalle. Vier Blinker mussten mittlerweile dran glauben. Ich beschließe, meiner Fahrschule Blinkergläser zu schenken, wenn ich denn endlich den Führerschein habe. Von Bekannten habe ich schon jede Menge gut gemeinter Ratschläge erhalten, wegen der Motorradwahl. Ich solle eine Chopper nehmen. Die sind nicht so hoch und sicher genial für mich geeignet. Möchte ich aber nicht. Ich möchte unbedingt ein »naked-bike«, so eine richtig sportliche Maschine. Möchte durch die Kurven heizen und Rocker sein. Und egal, welche Farbe, Hauptsache schwarz.

Autobahn

Es ist jedes Mal wieder spaßig, wenn Bernd mir hilft, den Nierengurt mit der Aufschrift »Fahrschule« anzulegen. Das gute Stück passt zweimal um mich herum. »Du hast 'ne Taille wie andere Oberschenkel«, grinst er. Irgendwie hält das Teil dann aber doch. Knopf ins Ohr, Helm auf und los gehts. Heute wollen wir Autobahn fahren. Juchuuu, endlich mal richtig Gas geben. Ich freue mich.

Den ersten Anschnauzer gibt es bereits am Beschleunigungsstreifen. Ich biege zu früh auf die Autobahn ab.

»Hey, der Beschleunigungsstreifen ist von unseren Steuergeldern bezahlt. Also benutze ihn auch und fahre ihn ordentlich bis zum Schluss aus.«

Dann düse ich aber los und werde schnell sehr mutig. Ich darf fahren, wie ich das für richtig halte. Und ich halte es für richtig, jetzt mal richtig aufzudrehen und zu überholen. Ein unbeschreiblich

tolles Gefühl. Nachdem ich auf einer Brücke einen Lkw überholt habe, höre ich Bernds aufgeregte Stimme im Ohr: »Du siehst ja gar nichts. Verflixt, du siehst ja gar nichts!«
Ich grübel. Was meint er? Ich sehe alles. Das Visier ist sauber, das Wetter genial. Alles perfekt. Kein Verständnis für seine seltsamen Worte.

Zurück in der Fahrschule brummt Bernd mich an: »Wie viel wiegst du eigentlich? Du wiegst ja gar nichts. Wiegst du 50 kg?«
Ach so, ich hatte ihn falsch verstanden. Ich wiege ja gar nichts. Ähm, nö, 50 kg wiege ich nicht, so knapp davor, 49 kg.
»Wärst fast weggeflogen mit der Maschine, hast du das nicht bemerkt?«
Nö, hab ich nicht bemerkt.
»Sollten wir vielleicht Bleiplatten für dich anfertigen lassen«, grinst Bernd.

Mittlerweile bin ich richtiger Internetprofi geworden. Stundenlang surfe ich abends durchs Netz. Das Werbefernsehen muss nun auf mich verzichten. Diese Onlinewelt ist viel interessanter. Wobei, Werbung gibt es auch hier genug, über die ich mich aufregen kann. Anfangs habe ich mit Herzklopfen vor dem AOL-Fenster gesessen. Wenn die freundliche Frauenstimme sagte: »Willkommen. Sie haben Post«, war ich schier aus dem Häuschen. Dann die ratlose Frage, und was mache ich nun im Internet? So langsam wurde ich mutiger und habe die verschiedensten Seiten angeklickt. Und sehr schnell bin ich dann natürlich auch in den Chaträumen gelandet. Hier wird geflirtet, was das Zeug hält, in einer anonymen Scheinwelt. Nun stört es mich nicht mehr, dass mein Gatte die Abende in seinem Büro verbringt. Im Gegenteil, ich bin jetzt sogar froh darüber. Ich fühle mich wohl in meiner virtuellen Scheinwelt und möchte hier nicht gestört werden. Verrenne mich in Träume …

Warst du schon einmal in einem Chatraum? Es kann sehr spaßig und fröhlich sein. Alle, die dort allabendlich erscheinen, sind wohl genauso einsam wie ich. Sie suchen nichts weiter als Abwechslung, Gesellschaft, etwas Fröhlichkeit. Zumindest ist dies im Chatraum »Schleswig-Holstein« so. Dort fühle ich mich wohl. Immer wieder sind die gleichen Nicknamen anwesend, manchmal betritt ein neuer den Raum und wird natürlich sofort ausgefragt. Das kann so aussehen:
Tigerchen betritt den Raum.
Puschiline: Hi, Tiger, wo kommste her?
Hexe07: Hallo, Tiger, sei willkommen.
Nachtfalke: Moin, Tiger, wie alt bist du?
Tigerchen: Guten Abend alle zusammen.
Tigerchen: Komme aus Lübeck.
Susiline: Bist du M oder W?
Nachtigall: Immer die gleichen Fragen, ist das langweilig.
Hexe07: Hey, Nachti, was sollen wir denn sonst fragen?
Nachtigall: Hast du Fische?
Tigerchen: Hä?
Hexe07: Wie bitte?
Nachtigall: Na, ist doch mal was anderes. Das hat noch niemand gefragt.
Tigerchen: Keine Fische.
Puschiline: Lol.
Nachtfalke: rofl.
Hexe07: Schmeiß mich wech, gröl. Hab auch keine Fische.
Tigerchen: Ihr seid ja ein alberner Haufen. Alle aus Schleswig-Holstein?

Puschiline: Ja.
Hexe07: Ja.
Nachtigall: Ja.
Susiline: Nöö.
Irgendwo in Schleswig-Holstein sitzen jetzt circa 15 einsame Herzen lachend vor ihrem Rechner. Ich bin Nachtigall.

Manchmal unterhalten wir uns auch recht ernsthaft. Über Hobbys, über Berufe oder über irgendwelche Alltagsprobleme. Wir erzählen uns, worüber wir uns gefreut und worüber wir uns geärgert haben. Wir kennen uns nicht und haben doch den Eindruck, uns zu kennen.

Mein Gatte hätte für so etwas absolut kein Verständnis, das weiß ich genau. Habe versucht, ihm von den lustigen Menschen im Internet zu erzählen, aber er will das gar nicht hören. Er ist so real, immer, so vernünftig. Sein Leben verläuft in korrekten Bahnen, nach geraden Linien. Meines ist aus dem Ruder geraten, und gerade Linien mag ich sowieso nicht.
Lange Zeit hat es mich nicht gestört, dass ihm die Arbeit wichtiger ist als alles andere. Lange Zeit habe ich mich nicht beklagt, wenn er bis spät in die Nacht am Computer saß. Doch mit dem Auszug der Kinder schwanden viele meiner Aufgaben und Betätigungsfelder einfach so dahin. Eine plötzliche Leere, die mir das Gefühl gab, nicht mehr wichtig zu sein. Es war plötzlich Zeit da, die angenehm hätte ausgefüllt werden können. Doch allein? Für meinen Gatten hatte sich ja nichts verändert. Ob die Kinder zu Hause wohnten oder nicht, er saß und sitzt weiter jeden Abend im Büro. Also habe ich nun Zeit. Und bin allein.
Sind die Kinder aus dem Haus, ist es mit der Ehe aus. Dieser allseits bekannte Satz geht mir ständig durch den Kopf. Manchmal

denke ich daran, einfach in sein Büro zu gehen und ihn mit weiblichen Verführungskünsten vom Telefon loszueisen. Aber ich traue mich nicht. Für ihn steht die Arbeit immer an erster Stelle. Seine Arbeitskollegen sind zeitgleich seine Freunde. Seine einzigen Freunde. Er liebt es, auf Übernachtungstour zu fahren, kommt dann oft unausgeschlafen und mit Kater nach Hause zurück. Also nicht nur anstrengendes Meeting, sondern auch mit Freunden treffen, trinken, feiern, mal durchmachen. Andere Frauen? Ich weiß es nicht. Man hört ja so einiges über die Herren in Anzug und Krawatte, die nach Meetings im fremden Hotel nicht unbedingt allein einschlafen. Mein Gatte sieht außerordentlich gut aus, groß, schlank, blaue Augen, dunkles Haar. Er ist ausgesprochen charmant und redegewandt, die Frauenherzen fliegen ihm nur so zu. Aber wie gesagt, ich habe nie wirklich darüber nachgedacht, mir nie Sorgen gemacht.

Die nächste Fahrstunde fällt leider ins Wasser. Nein, nicht wegen Regen. Erstaunlicherweise scheint grundsätzlich die Sonne, wenn ich meine Übungsrunden drehe. Die Kawasaki ist kaputt. Bevor nun jemand auf falsche Gedanken kommt: »ICH WAR ES NICHT!«

Leider ist einem Fahrschüler von einem Autofahrer die Vorfahrt genommen worden und er ist böse gestürzt. Er liegt im Krankenhaus. Bernd erzählt, dass er bereits wieder lachen kann und unbedingt nach Genesung sofort wieder fahren will.

Dieser Zwischenfall macht mir aber mal wieder bewusst, wie gefährlich doch mein neues Hobby ist. Eigentlich sollte jeder Autofahrer bereits beim Führerschein auch ein paar Pflichtstunden auf dem Moped machen. Nur so, um ein Gefühl zu bekommen für die anderen Verkehrsteilnehmer. Um zu verstehen und zu beachten. Zum Beispiel habe ich als Autofahrer nie so

recht begriffen, warum ich bei Rollsplitt so langsam fahren soll. Woher sollte ich auch wissen, welch enorme Kraft in diesen kleinen Steinchen steckt, wenn sie mit voller Wucht durch ein Auto aufgeschleudert gegen den Helm fliegen, auf die Handschuhe prallen oder das in Leder steckende Bein treffen.
Ich werde auch niemals mehr die Scheibenwischanlage eines Autos betätigen, wenn hinter mir ein Bike fährt. Scheibenwischanlagen haben nämlich die komische Eigenart, auch gleich das hinter einem fahrende Fahrzeug mitzubedienen. Und auf dem Visier des Helms ist der Schmierkram nicht wirklich witzig.

Im Chatraum erzählt Thomas aus Bielefeld von seinem Hobby, Speedsurfen. So auch sein Nickname hier, Surf-Speeder. Sein Hobby bringt ihn oft an die Ostsee. Ostsee? Dann fährt er doch die A 1 hoch. Das ist nicht so weit von hier. Wir könnten uns mal treffen. Und das tun wir auch. Wir treffen uns beim Italiener in der Stadt. Thomas ist 35 Jahre jung, sehr groß, blond. Wir verstehen uns auf Anhieb prächtig, plaudern fröhlich über unserer Pizza. Am Nachbartisch bemerke ich ein Ehepaar aus unserem Dorf. Immer wieder wirft sie neugierige Blicke zu Thomas und mir. Was sie wohl Falsches denken mag? Als mein Chatfreund für einen Moment verschwindet, hält es die Neugierde nicht mehr aus. Anne kommt an unseren Tisch, lächelt eine Spur zu breit und gibt ihr Erstaunen zum Ausdruck, mich hier zu sehen.
»Hatte dich gar nicht gleich erkannt«, lügt sie.
»Wer ist denn der gut aussehende junge Mann bei dir?«
Ich lächle überfreundlich zurück und antworte spontan (und für mich selbst überraschend): »Aber Anne, hat dir denn niemand gesagt, dass frau ab 40 sich einen jüngeren Liebhaber halten darf?«
Das Entsetzen in ihren Augen hätte auch die beste Videokamera nicht wiedergeben können.

Suzuki

Horst ruft an. Ob ich mit zu Suzuki komme? Oh gern, sofort, ich eile. Er will neue Fahrschulmaschinen kaufen und hat sich für Suzuki entschieden. Damit eine Maschine tiefergelegt werden kann, soll ich zum Anpassen mal mitkommen. Ich bin die kleinste Fahrschülerin zurzeit. Oder überhaupt?

Horst liebäugelt mit der Bandit. Eine schöne Maschine, die auch mir optisch sofort gefällt. Von der Technik habe ich nun wirklich keine Ahnung. Aber groß ist sie. Auch bei Tieferlegen und niedriger Sitzbank wäre sie zu groß für mich. Einige Anbauten sollen für die Fahrschule gemacht werden, zum Beispiel Blinkerschutz. Horst grinst und ich blicke verschämt zu Boden.

Während Horst mit dem Suzuki-Menschen Kai fachsimpelt, schleiche ich mal wieder durch die Verkaufshalle. So viele blitzende Maschinen, die nur darauf zu warten scheinen, endlich ihre PS draußen ausfahren zu dürfen. Ich bleibe vor einer gelben SV 650 S stehen, traue mich aber nicht, sie zu berühren. Sie hat was! Nicht ganz perfekt, aber sie hat was. Dann steht Joshi neben mir. Er ist Verkäufer hier, gerade mal so alt wie mein Sohn.

»Setz dich ruhig mal drauf«, ermutigt er mich. »Ist ’ne klasse Maschine.«

»Ja, aber wie alle anderen leider zu hoch für mich.«

Ich schaue ihn traurig an. »Außerdem wollte ich gern ein Moped ohne so Verkleidung drumrum, weißt du.«

Mag ihm nicht sagen, dass auch die Farbe Gelb nicht meinen Wünschen entspricht. Jedenfalls nicht am Motorrad.

»Aha, ohne so Verkleidung«, lacht er. »Komm mal mit. Wir haben die Maschine auch ohne so Verkleidung. Das ist die Schwester, die SV 650.«

Ich folge ihm gespannt, aber ohne allzu große Erwartungen. Und dann …

Joshi zieht ein wunderschönes Motorrad aus der Reihe heraus. Leider blau. Aber wunderschön! Ja, so soll mein Motorrad aussehen. »Gibt es die eine Nummer niedriger?«, frage ich.
Er lacht wieder. »Kein Problem, die kann man hervorragend tieferlegen.«
Horst und Kai kommen zu uns. Ich setze mich auf die Maschine, Kai und Joshi drücken sie ein Stück herunter. Wow, meine Füße erreichen fast den Boden. Ich beginne innerlich zu zittern. Mein Herz klopft wie verrückt und ich kann keinen klaren Gedanken fassen. Aber sie ist blau, blau, blau. Leider nicht schwarz. Was soll ich tun? Will ich dieses Motorrad haben?

In diesem Moment sagt Kai, er habe noch eine originalverpackt in der Werkstatt stehen, das sei die Letzte der Saison. Eine schwarze. Ich will sie sehen, SOFORT!
Ich will sie anfassen und fühlen, ob sie MEIN Motorrad ist.
Joshi läuft mit mir nach hinten in die Werkstatt. Dort reißen wir gemeinsam den Riesenkarton auf. Ich zapple aufgeregt herum, kann es kaum abwarten. Dann steht sie vor mir, das wunderschönste Motorrad der Welt! Ich bin verliebt, ich bin so schrecklich verliebt. Tränen steigen mir in die Augen, und ich bin verliebt.
Die Werkstattarbeiter amüsieren sich köstlich, weil ich glücklich wie ein Honigkuchenpferdchen jubelnd um die Maschine laufe, sie liebevoll streichle, dann wieder hüpfe, sie von allen Seiten noch und noch mal begutachte.
Das ist sie, ich weiß es ganz genau. Das ist mein Motorrad!

Hallo, kann mal jemand die Geschwindigkeit meiner Gedanken drosseln? Mein Kopf rast. Ich habe noch niemals eine solche Entscheidung allein getroffen, habe noch niemals so etwas Teures allein gekauft, ohne vorher mit jemandem Rücksprache zu halten.

Wenn ich sie nun kaufe, darf ich dann die restlichen Fahrstunden auf meinem eigenen Moped machen? Horst bejaht meine Frage. Prima.
Und die Finanzierung? Wir müssen über die Finanzierung reden. Kai lacht und erklärt mir, eine bessere Finanzierung als bei Suzuki würde ich momentan nirgends finden. Okay. Und das Tieferlegen. Wie teuer?
Horst sagt: »Wir kaufen heute zwei Bandits und eine SV, alles Fahrschulmaschinen. Da kostet doch das Tieferlegen der kleinen Schwarzen nichts.«
Kai ist damit nicht so ganz einverstanden. Er könne mit dem Preis runtergehen, sagt er, so um die Hälfte. Horst bleibt freundlich, aber eisern: »Ach was, das ist im Preis mit inbegriffen, das kostet gar nichts extra. Und übermorgen muss sie fertig sein. Dann haben wir Fahrstunde.«
Kai seufzt. »Das schaffen wir niemals bis übermorgen.«
»Ihr schafft das«, lächelt Horst, »übermorgen.«
Während wir den Kaufvertrag ausfüllen, überlege ich fieberhaft, wie ich das meinem Gatten beibringe. So ganz wohl ist mir bei dem Gedanken nicht. Zum ersten Mal im Leben unterzeichne ich allein einen Kreditvertrag. Ich werde mein Sparbuch plündern, die Hälfte in bar zahlen, die andere Hälfte finanzieren. Ich werde fleißig tuppern und mir mein Motorrad verdienen.

Glückshormone machen aus mir ein zappelndes, hüpfendes, singendes, strahlendes Etwas. Unmöglich für mich, fröhliche Gefühle nicht zu zeigen. Heute müssen viele Menschen meine überschäumende Fröhlichkeit ertragen. Ich habe mir ein Motorrad gekauft. In aller Ausführlichkeit erzähle ich jedes Detail der Maschine. Habe doch so einen wunderschönen Prospekt mit nach Hause genommen, den ich schnell auswendig kann.

Also, sie hat einen V2-Zylinder-Viertaktmotor, wassergekühlt, 645 cm^3, 76 PS, Trockengewicht von 165 kg, 6-Gang-Getriebe (was immer auch das alles bedeuten mag, ich weiß es nicht). Und sie ist schwarz!

Ich rufe meinen Gatten an. Er ist mal wieder auf Übernachtungstour, was weiß ich, wo. Trotz ängstlichen Herzklopfens bemühe ich mich um eine ruhige, selbstbewusste Stimme:
»Ich möchte mir eine Suzuki SV 650 kaufen, 76 PS, wird tiefergelegt. Kostet 12.600 DM, kann ich finanzieren. Ich möchte, dass du damit einverstanden bist. Soll ich sie kaufen? Bist du einverstanden?«
Er ist einverstanden. Selbstverständlich. Er gönnt mir die Freude. Ich soll sie unbedingt kaufen.
Hab ich schon, werter Gatte, lächel. Aber Männer müssen doch zumindest den Eindruck haben, dass ihr liebes Frauchen sie erst um Rat und Erlaubnis fragt.

Zwei Tage, dann wartet meine Suzi auf mich. Leider kann ich die ersten sieben Kilometer nicht selbst fahren, denn ich habe ja noch keinen Führerschein. Mein Gatte fährt mit mir zu Suzuki. Auf dem Weg dorthin unterbreitet er mir folgenden Vorschlag: »So von wegen der Finanzierung. Was hältst du davon, wenn du von deinem Sparbuch das Heizöl bezahlst? Das sind etwa 5.000 DM. Dafür würde ich dann das Motorrad kaufen.«
Ich platze innerlich vor Wut! Ich will kein Heizöl bezahlen, ich will mein Motorrad allein kaufen. Ich will keine großzügigen Geschenke haben. Ich will Eigenes schaffen. Warum versteht er nicht, wie wichtig es für mich ist, dieses Motorrad selbst zu bezahlen?

Joshi erwartet uns schon am Eingang, meine Maschine sehe ich schon von weitem. Joshi hat sie ganzjährig angemeldet. Das war still und leise mit mir abgesprochen, denn mein Gatte hatte auf einem Saisonkennzeichen bestanden. Ich aber möchte keine Saisonfahrerin sein. Ich fahre auch, wenn es kalt ist oder regnet, ganz bestimmt. Meinem Gatten fällt das sofort auf.
»Oh«, Joshi tut ganz erstaunt, »das habe ich dann falsch verstanden. Ich dachte, sie soll ganzjährig angemeldet werden. Tut mir leid. Soll ich es ändern?«
»Nein, nicht ändern. Ist dann schon vorläufig gut so. Können wir ja immer noch ändern.«
Nix da, das wird nicht geändert. Ich behalte meine Gedanken für mich und sage kein Wort. Joshi hat das prima gemacht. Meine Suzi wird mich das ganze Jahr begleiten. Und das Nummernschild ist sowieso ein Traum, meine Anfangsbuchstaben und meine Lieblingszahl 7. Alles genial. Nur der Führerschein fehlt.

Und, wie schrecklich, jetzt habe ich ein Motorrad, und ausgerechnet jetzt macht Bernd Urlaub. Ich fasse es nicht! Wie kann er jetzt Urlaub machen, wo ich so schnell wie möglich mit meiner eigenen, tiefergelegten Suzi losmöchte?
Horst versteht mich. Bei ihm habe ich sowieso den Eindruck, er hat für alles und jeden Verständnis. Horst hat sehr liebe, warme Augen, die so viel Fröhlichkeit und Freundlichkeit ausstrahlen, dass man sich in seiner Gegenwart einfach wohl fühlen muss. Er übernimmt die nächste Fahrstunde. Aber zwei Tage muss ich mich noch gedulden, erst dann hat er Zeit für mich. So lange muss ich mich damit begnügen, die Maschine zu Hause mal zu starten, kleine Runden auf dem Hof zu drehen (das ist erlaubt!), mal Stop and go üben, ohne umzufallen. Sie wieder auf den Platz stellen, putzen, streicheln …

Dann ist es so weit. Horst kommt uns abholen. Ich bin ein Nervenbündel. Bin so aufgeregt, dass ich am ganzen Körper zittere. Ich kenne mein Baby mittlerweile schon recht gut. Sie ist viel leichter als die Kawasaki. Außerdem komme ich mit den Füßen fast am Boden an. Okay, zumindest mit den Zehenspitzen. Aber ist schon ein sehr viel sichereres Gefühl als auf der Kawa. Und ich kenne ihren Klang, ich liebe ihren Klang.
Nun wollen wir also fahren. Horst hat, wie immer, gute Laune. Ich auch. Und trotzdem, als ich losfahren soll, fange ich an zu weinen. Ich bin dem einfach nicht gewachsen, diesem erstaunlichen und überwältigenden Glücksgefühl. Ich schaffe es nicht, muss noch mal absteigen, ein paar Schritte zur Beruhigung laufen. Horst hat Geduld. Er lächelt und sagt:
»Ihr passt gut zusammen, die Suzi und du.«
Erneut steige ich auf, starte die Maschine, ersten Gang, Kupplung kommen lassen, losrollen. An der Hofausfahrt halte ich wieder an. Ich zittere noch immer. Horst steigt aus dem Auto und kommt zu mir.
»Was hast du?«
Ich wische ein paar Tränchen mit den dicken Motorradhandschuhen weg und antworte:
»Ich bin einfach nur so glücklich.«
Er lächelt.
»Lass dir Zeit. Wenn ihr so weit seid, die Suzi und du, dann fährst du einfach los. Ich warte.«
Danke, lieber Horst, danke dir so sehr!

Nachbarn stehen am Gartenzaun und schauen zu uns herüber. Ich starte, fahre los. Ich fühle mich gut, so verdammt gut. Ich bin glücklich, so überglücklich. Und es wird die wunderschönste Fahrstunde von allen. Wir fahren kleine Landstraßen, üben Stop an go, ich fahre am Berg an und biege nach links ab, alles, ohne umzufallen. Schlimm der Moment, als ich meine Suzi in der Garage der Fahrschule abstellen muss. Nun habe ich es noch viel eiliger, den Führerschein zu machen. Ganz schnell, ganz schnell, am besten gestern.

Einige Tage später treffe ich meinen Nachbarn auf der Straße.
»Deine Tochter macht den Motorradführerschein?«
»Nein, wie kommst du darauf?«
»Na, hab ich doch gesehen, neulich, als sie hier abgeholt wurde von der Fahrschule.«
Ich lache.
»Das war ich, lieber Gerd, ich mache den Führerschein.«
Er bekommt den Mund nicht wieder zu.

Alle Welt redet von dem Buch »Frauen sind anders, Männer auch« von John Gray. Ich bestelle es mir per Internet. Ich bestelle gern im Internet. Sicher, ich könnte zu Rossmann in die Stadt fahren und alles Nötige persönlich dort abholen. Aber es macht mir so Spaß, im Internet auf die Einkaufswagen zu klicken. Dann freue ich mich auf das Paket, in dem immer viele kleine Produktproben liegen. Ehrlich, mir macht das Spaß. Auch Bücher und Musik bestelle ich gern im Internet. Dauert meist nur zwei Tage, dann ist meine Bestellung schon da.
Das Buch lese ich nicht, ich verschlinge es regelrecht. Und versuche meinem Gatten zu erklären, was ich gerade über Venus und Mars gelesen habe, warum Männer und Frauen so oft aneinander vorbeireden. Er versucht, mir aufmerksam zuzuhören, aber wirklich verstehen kann er mich nicht. Ich gebe ihm das Buch mit der herzlichen Bitte, es auch unbedingt zu lesen. Bitte, lies einmal ein Buch, das ich dir gebe, bitte.

Ja, das möchte er tun. Ich bin begeistert. Wenn er liest, wage ich nicht, ihn zu stören. Ist ja in meinem Interesse. Vielleicht hilft uns das Buch, vielleicht bemühen wir uns, uns besser zu verstehen und anders miteinander zu reden.

Bernd kommt aus dem Urlaub zurück. Er ist begeistert von meiner Maschine und kann es sich nicht verkneifen, ein paar Runden zu drehen. Erlaube ich ihm natürlich gern. Doch dann quält er mich bei hochsommerlicher Hitze auf einem großen Parkplatz. Er sitzt im Schatten, raucht genüsslich eine Zigarette, eine Flasche Cola neben sich. Und ich kämpfe in praller Sonne mit »gedachten« Kreuzungen. Klingt so einfach. In der Mitte des Parkplatzes soll ich mir eine Kreuzung vorstellen, an der ich mal nach rechts und mal nach links abbiegen soll. Am Rand des Parkplatzes dann wenden und das Ganze wiederholen. Aber jedes Mal, wenn ich in der Mitte ankomme, »sehe« ich die gedachte Kreuzung nicht mehr.
»Du fährst ja komische Schnörkel. So seltsame Kreuzungen gibt es gar nicht.« Bernd lacht. Menno, er hat gut reden. Hätte er Kreide mitgebracht und mir die Straßen aufgemalt, dann hätte ich sie auch gesehen.
Okay, dann die Bimohlen oder wie die orangefarbenen Dinger heißen. Slalom in dieser Hitze macht auch nicht wirklich Spaß. Es ist eine Tortur, aber ich halte tapfer durch. Manchmal ist die Suzi zickig, wenn sie mit dem von mir gewählten Gang nicht so ganz einverstanden ist. Da muss ich mich noch dran gewöhnen. Bei den Bremsübungen fliege ich fast vornüber. Sie reagiert ganz anders als die Kawasaki. Alles eine Sache der Gewohnheit, das wird schon.
Nach zwei langen Stunden sind wir wieder in der Fahrschule. Ich nehme den Helm ab und betrachte meine klatschnassen Haare missbilligend im Spiegel.

»Oh Shit, sehe ich bescheuert aus«, stöhne ich.
»Hey«, grinst Bernd, »was willst du? Schönheitskönigin werden oder Motorrad fahren?«
Doofe Frage.

Mein Gatte arbeitet viel in unserem großen Garten. Er macht mir Vorwürfe, weil ich nicht mitarbeite. Na ja, das war ja mal anders. Ich habe Gartenarbeit geliebt oder liebe sie immer noch. In Erde wühlen, Blumen pflanzen, Kräuterbeet pflegen, Salat, Radieschen, Erdbeeren von Unkraut freihalten. Säen, pflegen, ernten. Arbeit, die mir Freude bereitet. Hier allerdings weigere ich mich, auch nur noch einen Handschlag zu tun. Das ist so seit dem Tag, an dem er ohne mein Einverständnis mein Gartenland in Rasen verwandelt hat. Ich war ein paar Tage mit Tupperware unterwegs, eine wunderschöne Reise nach Prag, in die Goldene Stadt. Als ich zurückkam, hatte ich keinen Garten mehr. Das hat mir sehr wehgetan. Ja, und seitdem verweigere ich meine Mitarbeit draußen. Es handelt sich ja nicht wirklich um Gartenarbeit im gestalterischen Sinne. Es handelt sich vielmehr um reine Aufräum- bzw. Sauberhaltarbeiten. Also Unkraut rupfen und Rasen mähen. Alles sieht langweilig aus. Aber meine Ideen, den Garten liebevoll zu gestalten, werden ignoriert oder auf später verschoben.

Ich will nicht aufräumen. Also mache ich nicht mit. Ganz einfach. Manchmal kann ich ein Dickkopf sein.

Die Nachtfahrt.
Tagsüber wahnsinnig warm. Aber abends schon erstaunlich kalt. Es ist Ende August. Die Erntezeit ist voll im Gange, die Straßen sind schmutzig von den Feldern, an den Straßenrändern stehen manchmal unbeleuchtete Trecker oder Wagen. Mir graut ein

wenig vor der Fahrt in der Dunkelheit. Noch ist es hell. Ich hatte Bernd ja den Vorschlag gemacht, da ich sowieso ganz bestimmt nur tags fahren wollte, einen dritten Punkt in meinen Führerschein eintragen zu lassen. Keine Chance. Wir fahren also los. Und sozusagen als erschwerte Bedingung auch noch eine Strecke, die nicht gerade zu meiner Hausstrecke gehört. So gut kenne ich mich hier nicht aus und muss daher verdammt aufmerksam fahren. Abgestellte, unbeleuchtete Trecker sieht man erst sehr spät. Mit dem Auto ist mir das nie so aufgefallen.
Irgendwann kriecht die Kälte in mich hinein. Ich beginne, jämmerlich zu frieren. Hätte ich man doch die Gore-tex-Klamotten angezogen. Aber nein, Madame ist ja eitel, es muss die hübsche Lederkombi sein. Aus dem Auto hinter mir höre ich manchmal ein kleines Lob, so von wegen, dass ich gut fahre, zügig und dennoch vernünftig. Fein, danke, aber ich würde jetzt lieber in dem warmen Auto sitzen. Wo sind wir eigentlich? Hoffentlich finden wir den Weg wieder nach Hause. Dunkel ist es mittlerweile auch. Bitte bald nach Hause.
Plötzlich bittet Bernd mich, rechts zu halten. Nanu, was kommt jetzt? Ah, er muss mal kurz in die Büsche verschwinden. Männer! Meine Beine sind wie Eis. Sie gehören nicht mehr zu mir, zittern, obwohl ich das gar nicht will. Die ganze Maschine wackelt dadurch. Und meine Hände? Wo sind meine Hände? Ich muss mir unbedingt dickere Handschuhe kaufen. Nun nur kein Weichei sein, nicht jammern.

Nachdem Bernd sich erleichtert hat, kommt er zu mir ans Moped.
»Das ist ja total kalt hier draußen.«
Ich nicke.
»Mensch, hättest du mal ein Zeichen gegeben. Das habe ich im Auto nicht bemerkt. Hätte nicht gedacht, dass es so kalt ist.«

Nun wollen wir also auf direktem Weg nach Hause. Gut. Erleichtert starte ich die Maschine und fahre wieder los. Nach einigen Kilometern kenne ich die Dörfer auch wieder und freue mich auf eine heiße Tasse Kaffee. Gleich, gleich sind wir da. Gleich sind wir raus aus Dunkelheit und Kälte.
Kurz vor der Stadt ein großer Schreckmoment. Auf der anderen Straßenseite sehe ich das Licht eines Fahrrades. Eigentlich kein Problem. Doch dieser Radfahrer scheint total betrunken zu sein. Er fährt plötzlich auf meine Fahrbahn, direkt auf mich zu und winkt wie bescheuert mit dem Arm. In Sekundenschnelle läuft nun alles ab. Ausweichen. Keine Zeit zum Überlegen. Ich reiße die Maschine herunter, drücke sie fast zu Boden, haarscharf vorbei. Maschine wieder gerade, aufatmen, langsam die Situation begreifen. Herzklopfen. Ruhe. Erst etliche Meter weiter ertönt Bernds Stimme in meinem Ohr:
»Das hast du klasse gemacht. Boah, war ich erschrocken!«
Ich auch, lieber Bernd, ich auch!

Zwar fühle ich mich in meinem Chatraum Schleswig-Holstein sehr wohl, aber dort sind keine Biker. Die finde ich auf der Seite von Aral und auch auf der Seite von Ebay. Mit den Aral-Bikern texte ich sehr gern, doch leider kommen fast alle aus dem Ruhrgebiet, also ziemlich weit weg vom schönsten Bundesland der Welt. Im Motorrad-Café bei Ebay lerne ich Kalle und Marina kennen. Die kommen aus Hamburg, also ein Katzensprung von hier. Wir verabreden uns schon mal zum gemeinsamen Frühstück, das stattfinden soll, sowie ich den Führerschein habe. Jeden Tag fragen sie, wann denn endlich Prüfung ist. Na, ich weiß es doch nicht. Ich warte doch auch sehnsüchtig darauf.

Theorie habe ich zwischendurch schon bestanden. War ganz einfach, kein Problem. Einen Fehler habe ich gemacht, aber das fand ich ziemlich unfair. Der Prüfer hat mich nach Durchsicht meines Bogens gefragt, ob ich es wirklich in Kauf nehmen würde, Fußgänger zu überfahren. Natürlich nicht! Ich hätte das aber angekreuzt. Nö, das kann nicht sein. Er schmunzelt und zeigt mir die Frage und meine dazugehörende Antwort. Ganz schön link. Die haben die Frage im Prüfungsbogen genau andersherum geschrieben wie in meinen Übungsbogen. Der Prüfer lächelt mich an und sagt: »Aufmerksamer lesen wäre gut gewesen. Aber wenn Sie mir versprechen, keine Fußgänger überfahren zu wollen, dann haben Sie bestanden.« Ich verspreche es.

Und dann ist es so weit, der Prüfungstermin steht fest. Es soll der 20. September sein. Wow, endlich! Ich teile meinem Gatten den Termin mit. Ist ein Tag vor unserem Hochzeitstag. Er wird wieder mal nicht zu Hause sein, Meeting. Schade eigentlich, denn Hochzeitstage haben hier im Norden schon eine besondere Bedeutung. Außerdem wird es wohl unser letzter sein, aber das weiß er ja noch nicht.

Witzig finde ich, wenn uns Biker entgegenkommen und mich grüßen. Sie sehen ja die Aufschrift »Fahrschule« an meinem Nierengurt von vorne nicht. Ganz zaghaft grüße ich zurück. Bernd gönnt mir das und schmunzelt. Zu Anfang meiner Fahrschulzeit konnte ich noch nicht grüßen, weil ich zu sehr mit dem Fahren selbst beschäftigt war. Meine Umwelt konnte ich in der Anspannung nicht wirklich registrieren.
Heute wollen wir in einem Wohngebiet fahren, also wohl oft rechts vor links, sicher auch Tempo-30-Zonen, Zebrastreifen und Fußgängerampeln. Wird schon werden. Bernd schickt mich in

einen Ort, den ich normalerweise nicht besuche. Die örtlichen Begebenheiten sind mir unbekannt, und das Fahren erfordert tatsächlich eine Menge Aufmerksamkeit. Erschwerend kommt hinzu, dass hier viele kleine Geschäfte an den Seiten sind und viele Menschen unterwegs. Durch das lebhafte Treiben werde ich enorm abgelenkt. Ich bin einfach zu neugierig! Also, Blick wieder auf die Straße und konzentrieren.
Es geschehen seltsame Dinge. Erstaunlich viele Ampeln auf dieser relativ geraden und übersichtlichen Straße. Fußgängerampeln. Alle grün. Aber jede schaltet auf Rot, kurz bevor ich da bin. Ständig muss ich halten. Nicht sehr witzig, das nervt total. Es sind keine Fußgänger da, wirklich nicht. Bernd möchte, dass wir genau diese Strecke noch mal fahren. Okay. Und wieder irritiert mich die seltsame Ampelschaltung. Aufmerksam suche ich nach Gründen. Nein, es sind wirklich keine Fußgänger da.
So, dann noch ein paar Einbahnstraßen, Kreisel, Achtung, rechts vor links. Und zurück zur Fahrschule. Bin stolz auf mich, habe keine Fehler gemacht.
»Na, ist dir heute irgendetwas aufgefallen?«, fragt Bernd.
Ich strahle ihn fröhlich an:
»Ja, ich war gut, oder?«
»Ja, du bist gut gefahren. Es war eine anspruchsvolle Tour heute. Aber ist dir nicht vielleicht doch etwas aufgefallen?«
Ich denke mal einen Moment nach. Ach ja, die Ampeln. Man sollte jemandem von der Gemeinde Bescheid sagen, dass die Ampelschaltung in der Hauptstraße nicht korrekt funktioniert. Bernd kann sich kaum halten vor Lachen.
»Meine Liebe, diese Ampeln reagieren auf Geschwindigkeit. Und jedes Mal, wenn jemand zu schnell fährt, schalten sie auf Rot!«
Oha, ich bemühe mich um den liebsten und unschuldigsten

Unschuldsblick, der mir nur irgendwie gelingen kann, und warte auf Gemecker.
Bernd zeigt auf den Tacho meiner Maschine.
»Da, Tacho! Zeiger zeigt auf Zahl! Ortschaft 50! Kapiert?«
Jepp, hab's kapiert.

Das ist sowieso so eine Sache mit der Geschwindigkeit. Ich kann doch nicht ständig auf den Tacho schauen. Also fahre ich nach Gefühl. Und? Werde ständig geblitzt. Teures Hobby. Das alles begann eigentlich am 6. Februar 1990. Ich wollte mit dem Auto nach Bad Oldesloe zur Apotheke fahren, nur schnell Insulin holen.
»Heute ist Jubiläum«, erzählte ich meinem Gatten. »Ich fahre seit zehn Jahren knöllchen- und unfallfrei. Gut, wa?!«
Als ich aus der Apotheke kam, traute ich meinen Augen kaum. Ein winziges Zettelchen unter dem Scheibenwischer. Parken ohne Parkscheibe. Versteh ich nun nicht. Deswegen gibt es ein Knöllchen? Waren doch nur drei Minuten oder so.
Reichlich betröppelt machte ich mich auf den Heimweg und berichtete meinem Gatten von dieser unfassbaren Begebenheit. Doch es kam noch schlimmer. Der Bußgeldbescheid kam ausgerechnet am 14. Februar, also Valentinstag, bei mir an. 10,00 DM. Ich überwies den Betrag sofort und schrieb nebenbei noch einen kurzen Brief an die zuständige Polizeistelle. So von wegen zehn Jahre …
Bereits zwei Tage später hatte ich das Antwortschreiben in der Post. Dieses Schreiben trage ich noch heute mit mir herum. Ich schreibe dir den Text hier mal auf:

Sehr geehrte Frau ...,
Ihren Brief vom 14.02.1990 habe ich heute mit Schmunzeln gelesen und beglückwünsche Sie zu Ihrem gelassenen Humor und Ihrer 10 Jahre unfallfreien Fahrens.

Ein klein wenig fühlen wir uns auch beschämt. Der Bescheid über die Verwarnung hätte in Ihrem Fall durchaus auf Blümchenpapier gedruckt sein können.

Jedenfalls wünsche ich Ihnen, zumindest für die nächsten 10 Jahre, ungetrübte Freude am Autofahren und natürlich nur positive Begegnungen mit der Polizei.

Mit freundlichem Gruß
Polizeioberrat und Inspektionsleiter

PS.: Eine Parkscheibe neuester Art mit Benzinrechner lege ich als Anlage bei.

Genial, oder?
Doch leider funktionierte das nicht so ganz mit den nur positiven Begegnungen. Irgendwie war nun der Wurm drin. Nein, die Parkscheibe habe ich nie wieder vergessen. Aber das mit der Geschwindigkeit ...
Ehrlich, da könnte ich glatt ein Buch drüber schreiben. Besonders schlimm wurde es, als ich von Tupperware ein Firmenfahrzeug bekam. Einen Opel-Astra. Der zog die Blitzer irgendwie magisch an. Doof nur, dass die Verwarnungen zuerst an die Firma geschickt wurden. Wenn der Chef mit einem Strafzettel in unser Meeting kam, wusste jeder gleich, wer es war: ICH! Peinlich, peinlich. Auch meine Ausreden nutzten da wenig.

So fuhr ich z.B. eines Abends vom Tuppern aus Lübeck nach Hause. Auf der B 206 darfst du eine ganz lange Strecke nur Tempo 80 fahren. Boah, nervend, vor allem am späten Abend, wenn du schnell nach Hause möchtest. Die Straße war wie ausgestorben, mein Astra und ich sehr allein unterwegs. Brav habe ich die Geschwindigkeitsbegrenzung eingehalten. Und als ein freundliches Schild die Geschwindigkeitsbegrenzung aufhob, Gas gegeben und … BLITZ!
Nein! Das darf nicht wahr sein. Ich wusste doch ganz genau, dass hier kein Tempo 80 mehr war. Aber der Bußgeldbescheid kam. Hab ich gejammert bei meinem Chef, wie ungerecht das doch alles sei. Und außerdem war Nacht und kein Mensch auf der Straße, kein Mensch und kein Auto. Er hat nur gelacht und gesagt, dass es auf Bundesstraßen auch Geschwindigkeitsbegrenzungen gibt und man nach Tempo 80 nicht gleich 160 fahren dürfe. Na ja, ganz so schnell war ich auch nicht.
Als ich später einen Mercedes-Benz bekam (VIP-Beraterin, stolz guck), fuhr ich vielleicht mal eine Woche ohne Knöllchen, dann blitzte es schon wieder. Ortsausgang Bad Oldesloe. Hier hatten die noch nie gestanden. Meine Entschuldigung, dass die falsche Geschwindigkeit an der noch ungewohnten Tachoscheibe des Benz lag, wurde in keinster Weise akzeptiert. Aber überleg mal. Der Mercedes kann ja viel schneller fahren als der Astra, viel mehr PS. Und auf dem Tacho ist bei dem Mercedes die 100 dort, wo bei dem Astra schon die 120 war. Also dachte ich, ich fahre 50, aber in Wirklichkeit waren es schon 70. Wurde nicht akzeptiert.
Eine weitere Entschuldigung von mir war, dass ich vermute, das Gaspedal muss irgendwie mit dem neuen CD-Player in Verbindung stehen. Der Mercedes hat nämlich einen CD-Player. Und jedes Mal, wenn Bohemian Rhapsody von Queen läuft, zum Beispiel, dann wird das Auto plötzlich schneller.

Auch mein Angebot, das nächste Mal 20 km/h zu langsam zu fahren, brachte keinen Erfolg. So lebe ich denn in ständiger Angst vor Blitzen. Gewitter mag ich eigentlich …

Bevor ein falscher Eindruck entsteht, muss ich dir etwas über meinen Gatten erzählen. Mein Gatte ist eigentlich ein vorzüglicher Ehemann. Nicht nur, dass er hervorragend aussieht, sehr charmant und intelligent ist. Auch ist er absolut zuverlässig und niemals am Meckern oder Nörgeln. Mein Essen hat ihm immer geschmeckt, seine Mutter hätte es niemals besser machen können. Er hat mich stets auf Händen getragen, weil ich Haushalt und Kinder immer bestens versorgt habe.
Er hat nur einen ganz großen Fehler: Er ist ein Workaholic. Darüber hinaus vergisst er einfach zu leben. Für ihn gibt es zwei Welten, seine Arbeitswelt und seine Familienwelt. Daneben gibt es nichts. Es gibt keine Hobbys, es gibt keine Freunde, es gibt keine Freizeit und somit auch keine Freizeitbeschäftigungen. Er vermisst nichts, aber ich!
Mein Gatte kann zauberhaft plaudern, allerdings meist über Nielsen-Zahlen, über Konferenzen oder über Hotels, in denen er übernachtet hat. Gern erzählt er auch Geschichten über unsere Kinder, doch es sind immer die gleichen, und sie sind schon über fünfzehn Jahre alt. Hast du sie noch nie gehört, dann gefallen sie dir, denn er erzählt sie gut. Amüsant, ihm dabei zuzuhören. Doch ich habe sie schon viel zu oft gehört.

Mir wird schmerzlich bewusst, dass wir in all den Jahren nicht nur nie gestritten, sondern eigentlich nie wirklich miteinander geredet haben. Keine gemeinsamen Gesprächsthemen. Innerlich entferne ich mich immer weiter von ihm. Möchte ein Teil meines Herzens unsere langjährige Beziehung auch retten, so sehnt sich der andere Teil nach einem eigenen Leben, nach einem fröhlichen Leben, einem aufregenden Leben. Dieses Leben möchte ich nicht allein verbringen. Ich wünsche mir einen Partner an der Seite, der Freizeit mit mir gestaltet. Jemanden, mit dem ich über Musik und Bücher reden kann, der mit mir Konzerte besucht, am Strand spazieren geht, im Sonnenuntergang tanzt. Ich träume immer öfter von einem anderen Leben.

Auf dem Weg zur Fahrstunde singe ich im Auto ganz laut und falsch: Ich war noch niemals in New York, ich war noch niemals auf Hawaii, ging nie durch San Francisco in zerissnen Jeans … Supertolle Überlandfahrt, geniales Wetter, wunderschöne Strecke. Ich genieße es, die Luft zu riechen, die wunderschöne Landschaft anzuschauen, die Geräusche zu hören und den Wind zu spüren. Einfach nur schön. Zurück in unserer kleinen Stadt, gehe ich einfach mal davon aus, dass wir wieder in die Fahrschule fahren. Da ich den Weg kenne, warte ich nicht auf die Anweisungen meines Herrn und Gebieters im Auto hinter mir. Um ehrlich zu sein, ich glaube, ich habe ihn mal für einen Moment vergessen. Ich blinke fröhlich, ordne mich rechts ein. Doch da habe ich die Rechnung ohne Bernd gemacht. Er schreit wütend in das Mikrofon, was mir wohl einfallen würde.
»Wird Madame jetzt größenwahnsinnig? Habe ich was von rechts abbiegen gesagt? Seit wann bestimmt der Schüler die Strecke?«
Oha, ich zucke hilflos mit den Schultern und ziehe den Kopf ein, soweit dies mit Helm überhaupt möglich ist. Er tobt weiter: »Warte nur, wenn wir in der Fahrschule sind, versohle ich dir den Hintern, dass du nicht mehr sitzen kannst!«
Zur Strafe schickt er mich durch die Fußgängerzone (mag ich nicht), über Kopfsteinpflaster (mag ich doch nicht), zum Bahnhof hoch und am Berg links abbiegen (pah, das kann ich mittlerweile),

ein paar gemeine Einbahnstraßen, enge Straßen mit vielen parkenden Autos am Straßenrand. Und dann zurück zur Fahrschule. Seine Stimme ist wieder ruhig geworden. Na, dann wird er seine Drohung von eben sicher vergessen haben.
Am Hof angekommen, springt Bernd aus dem Auto, lässt sogar die Tür offen, rennt auf mich zu. Schnell steige ich von der Maschine, laufe Richtung Straße, Helm noch auf. Bernd hinterher. Horst kommt aus dem Büro und schaut uns entgeistert nach.
»Hiiiilfeeeeee!«
Bernd ist schneller und holt mich ein. Aber es hat nicht wehgetan. Ich hab doch die Lederhose an.

Treffen mit Armin in der Eisdiele. Armin kenne ich auch durch das Internet, Chatraum Schleswig-Holstein. Er wohnt nicht weit von mir entfernt.
»Du, Armin, wer weiß, wie oft wir hier in der Stadt schon aneinander vorbeigelaufen sind, ohne uns zu bemerken. Ist das nicht komisch?«
Er versteht meine Frage nicht. Ich erkläre ihm, dass ich es schade finde, wie »blind« Menschen so durch das Leben laufen, ohne nach rechts und links zu schauen, ohne offen zu sein für andere Menschen oder für zauberhafte Kleinigkeiten. Wer sieht schon das Gänseblümchen am Bordsteinrand? Mir fällt ein Gedicht ein, »Augen in der Großstadt« von Kurt Tucholsky:
Zwei fremde Augen, ein kurzer Blick,
die Braue, Pupillen, die Lider.
Was war das?
Vielleicht dein Lebensglück.
Vorbei, verweht, nie wieder.

Armin ist wirklich ein Netter. Er ist 33 Jahre jung, sieht schnuckelig gut aus, seine Augen strahlen frech. Ich unterhalte mich gern mit ihm, sowohl online als auch real. Real natürlich noch viel lieber. Armin ist bisher der Einzige, mit dem ich mich über meine Trennungsabsichten unterhalten habe. Er kennt meinen Gatten nicht. Vielleicht fällt es mir deswegen so leicht, mit ihm darüber zu reden. Und es tut gut. Es tut gut, die Gedanken in Worte zu fassen, auszusprechen, selbst zu hören und darüber nachzudenken. Aber es fällt mir schwer, zu erklären, warum ich aus meinem goldenen Käfig ausbrechen möchte. Es geht mir doch gut. Ich habe alles, was man sich nur wünschen kann. Mensch, ich bin doch total verrückt. Will ich wirklich den Luxus und das sorgenfreie Leben aufgeben und eintauschen gegen …, ja gegen was eigentlich?

Natürlich gab es auch in diesem Sommer Regentage. Aber doch nicht, wenn ich Fahrstunde hatte. Nicht einen Tag musste ich im Regen fahren. Eine Regenkombi besitze ich, aber ich mag sie nicht. Ist viel zu groß und ungemütlich. Und sieht absolut blöde aus. Bis man da drinnen steckt, hat man keine Lust mehr auf das Fahren.

19. September, mein letzter Fahrschultermin vor der Prüfung. Wir wollen so tun, als sei es die Prüfung, also alle Übungen hintereinander weg, dann Strecke fahren, über Land, Autobahn, durch die Stadt. Und es regnet! Ich ziehe die Regenklamotten nicht an, weil ich beschließe, dass es gleich wieder sonnig wird. Wird es aber nicht.
Bernd gibt mir Anweisungen, so von wegen jetzt nur keine Angst haben wegen des Regens, einfach fahren wie immer.
Es klappt gar nichts! Beim langsamen Slalom kippe ich fast um,

beim schnellen Slalom fahre ich die Mibohlen (ich werde mir niemals merken, wie die Dinger heißen) alle um, beim Bremsen habe ich Angst und bremse viel zu zaghaft. Sogar auf der Tour mache ich doofe Fehler. Abknickende Vorfahrtstraße, da muss man blinken. Ich weiß es. Aber heute habe ich es vergessen. An einer Ampel fahre ich bei dunkelgelb einfach durch, Angst zu bremsen, es regnet doch. Bernd meckert, aber nur ein bisschen.
Ich bin traurig, ich bin schlecht gelaunt. Morgen soll Prüfung sein. Und ich stelle mich hier an, als hätte ich gerade erst mit der Fahrschule begonnen.
Zurück in der Fahrschule nehme ich den Helm ab. Regentropfen vermischen sich mit meinen Tränen. Ganz klein fühle ich mich. Noch viel kleiner, als ich eigentlich schon bin. Aber Bernd lächelt ganz lieb. Er nimmt mich in den Arm und sagt:
»Nun mach dir mal keine Sorgen. Das ist wie bei einer Generalprobe. Wenn die schief läuft, dann wird die Premiere prima!«
Ich hoffe, du hast Recht, lieber Bernd.

Abends teile ich meinen Online-Freunden mit, dass sie mir bitte die Daumen drücken und ganz fest an mich denken sollen. Und der Regen soll aufhören.

20. September 2001.
Frühstücken? Unmöglich. Keinen Bissen bekomme ich herunter. Bin aufgeregt ohne Ende. Es regnet. Alles grau in grau draußen. Hört sicher gleich auf, wünsche ich mir. Aber bei allem Optimismus, mein Wunsch wird nicht erhört. Also packe ich die Regenkombi ein.

Kennst du das Gefühl, du kommst irgendwo an, und weißt gar nicht mehr, wie du da hingekommen bist? So geht es mir heute.

Ich fahre mit dem Auto zur Fahrschule. Habe so viele Gedanken im Kopf.

Zeitsprung Führerscheinprüfung Auto, 6. Februar 1980. Ich sitze im Fahrschulwagen und warte auf Prüfer und Lehrer. Sie kommen ans Auto, und der Prüfer sagt zu mir:
»Mädchen, du musst hier raus. Heute ist Führerscheinprüfung.«
Entgeistert starre ich ihn an, und Hans klärt die Situation lachend auf:
»Das ist die Fahrschülerin, auch wenn sie nicht so aussieht, als sei sie schon volljährig.«
Das lag vermutlich an meiner Kleidung. Jeans mit dicken Kniepolstern und einen rosafarbenen Pullover mit dicker Ente auf der Brust. Ehrlich, das war damals schick.

Wenn ich den Führerschein bestehe, fahre ich dann mit Auto oder Motorrad nach Hause? Mit Motorrad, beschließe ich. Sie soll dann nicht noch in der Fahrschule auf mich warten müssen.
Und wenn ich nicht bestehe?
Wenn ich nicht bestehe, wage ich dann einen zweiten Versuch? Und wenn ich bestehe, traue ich mich überhaupt, alleine zu fahren? Ohne Knopf im Ohr, ohne Bernd. Und wenn ich nicht bestehe, wie soll ich das denn all den Menschen erklären, die mir jetzt gleich die Daumen drücken?

Plötzlich und unerwartet stehe ich mit dem Auto auf dem Parkplatz vor der Fahrschule. Ich sitze ganz still und schaue dem Minutenzeiger der Uhr zu, wie er langsam nach vorne krabbelt. Ich sitze ganz still, bewege mich kein Stück. Gelähmt. Weiß nicht, wie lange. Dann wird die Fahrertür aufgerissen, und Bernd faucht mich an:

»Möchtest wohl den Führerschein ins Auto gebracht bekommen?«
Es geht los ...
Wir schauen beide gen Himmel. Nein, es wird nicht aufhören zu regnen. Bernd hilft mir in die Regenkombi. Komisch gedrückte Stimmung.
»Vielleicht ist der Prüfer wegen des Regens gnädig und macht nicht so lange«, hofft Bernd. Er schiebt meine Maschine aus der Garage, und ich lasse es still geschehen. Fühle mich gar nicht wohl.
Bernd sagt, wir fahren noch eine kleine Übungsrunde, damit ich locker werde. Die gesamte Fahrschulzeit über hat er immer wieder bemängelt, dass ich die ersten fünf Minuten auf der Maschine so aufgeregt und zappelig bin. Heute ist das noch viel schlimmer.
Wir fahren zu dem bekannten Industriegebiet.
Noch mal den Slalom, noch mal Bremsen. Keine Angst vor dem Regen haben. Es läuft gut. Ich bremse hervorragend, und auch den Slalom und das Ausweichen überstehe ich bestens.
»Prima«, ruft Bernd mir zu. »Wir haben noch Zeit. Wir fahren auf der anderen Seite zum Lockerwerden noch mal.«
Okay, ich wende und fahre zur anderen Seite. Blöder Regen. So viele unsinnige Sachen werden erfunden, wie zum Beispiel Eierschalensollbruchstellenverursacher (kein Scherz!), aber einen Scheibenwischer für Helmvisiere gibt es nicht.
»Siehst du den parkenden LKW?«
Doofe Frage, wie soll man denn einen LKW übersehen? Ich nicke.
»Gut. Auf dessen Höhe fängst du mit den Übungen an. Und achte auf meine Worte!«
Hey, Bernd, das habe ich doch immer gemacht, oder fast immer, auf deine Worte geachtet. Ich fahre los. Er befiehlt Stop and go, ausweichen, langsamer Slalom, schneller Slalom, bremsen ...
»So, nun komm wieder her.«

Ich wende und fahre die Straße rauf. Neben Bernd steht ein Mann. Ob das der Prüfer ist? Nun geht es los? Mein Herz klopft, die Aufregung ist kaum auszuhalten. Hoffentlich baue ich jetzt keinen Mist. Hoffentlich klappt jetzt alles noch mal so gut wie gerade eben.
Ich halte neben den beiden, Maschine aus, Visier hoch. Der fremde Mann streckt mir die Hand entgegen und sagt:
»Hallo, wir wollen also durch den Regen fahren? Der erste Teil war doch schon klasse, haben Sie toll gemacht!«

Kein Mensch kann sich vorstellen, welch zentnerschwere Last in diesem Moment von meinem Herzen fällt. Bernd, du lieber, lieber Bernd, du Schlingel, du hast mich überlistet. Ich danke, danke, danke dir. Und so schaue ich ihn jetzt an. Er lächelt nur verschmitzt und zwinkert mit dem Auge.

Am verregnetsten Tag des gesamten Jahres 2001 fahre ich über Autobahn, über Land, durch die Stadt, Einbahnstraßen, abknickende Vorfahrtstraßen, und wieder Autobahn, und wieder über Land. Keine Sekunde kürzt der Prüfer ab, er sitzt ja auch im trockenen Auto. Und kein Lob oder Tadel erreicht mich durch den Knopf im Ohr, nur kurze Anweisungen. Auf dem Rückweg leuchtet meine Tankanzeige auf. Ich gebe Bernd ein Zeichen, doch er schüttelt den Kopf und sagt, wir tanken später, das reicht noch. Mich irritiert das Licht aber. Was passiert, wenn plötzlich kein Benzin mehr da ist? Falle ich dann um?
Wir erreichen die Zulassungsstelle, Ende der Fahrt. Der Prüfer steigt aus dem Auto und kommt auf mich zu. Ich sitze noch auf dem Motorrad, Helm auf, abwartend. Herzklopfen.
»Nun steigen Sie mal ab. Und nehmen Sie den Helm bitte runter. Ich muss doch sehen, ob Sie das auch sind.«

Er dreht sich um und flüchtet vor dem Regen ins Haus. Bernd und ich hinterher. Ich versuche, einen lächelnden Blick von Bernd zu erhaschen, doch er verzieht keine Miene, sagt kein Wort. Mir wird ganz mulmig zumute. Habe ich was falsch gemacht? Stoppschild übersehen? Jemandem die Vorfahrt genommen?
Klatschnass stehe ich nun neben dem Prüfer, der mir streng in die Augen schaut.
»Sie haben also tatsächlich einen Autoführerschein?«
Ich nicke.
»Na, den zeigen Sie mir mal.«
Mit regenkalten Fingern krame ich zitternd den alten grauen Führerschein aus der Tasche und reiche ihn weiter. Was ist denn bloß los? Warum sagt keiner ein nettes Wort? Was ist passiert?
»Gute Frau«, sagt der Prüfer todernst, »diesen Führerschein werde ich wohl behalten müssen.«

Hat mir da gerade jemand den Boden unter den Füßen weggezogen? Ich bekomme bestimmt gleich einen Herzinfarkt, ganz bestimmt. Kann man einen Autoführerschein verlieren, wenn man bei der Prüfung für Mopped schlimme Fehler gemacht hat? Mein hilfesuchender Blick zu Bernd erreicht diesen nicht, weil er sich genau in dem Moment von mir wegdreht. Hey, sag was, hilf mir …
»Okay.« Nun lächelt der strenge Herr Prüfer, und seine Stimme klingt erstaunlich angenehm. »Dafür bekommen Sie dann einen anderen.«
Grinsend überreicht er mir den neuen Führerschein im Scheckkartenformat, auf den er handschriftlich das Prüfungsdatum eingetragen hat: 20.09.01.
Ich wache langsam aus einem bösen Albtraum auf und verabschiede mich von dem dicken Kloß in meinem Hals. Bernd umarmt mich und jubelt:

»BESTANDEN!«

»Und nun?«, fragt Bernd, nachdem wir uns von dem netten Prüfer verabschiedet haben.
»Ich muss tanken, Sprit alle.«
Okay, dann los zur Tankstelle. Wie gewohnt fahre ich vor, wie gewohnt fährt Bernd hinterher. Wie gewohnt tanke ich selbst, wie gewohnt geht Bernd zur Kasse. Da fällt mir ein, Moment, ich habe doch bestanden. Ich muss mein Benzin jetzt selbst bezahlen. Schnell steige ich von der Maschine und renne hinter Bernd her. Er hat schon bezahlt.
»Lass uns noch einen Kaffee trinken«, lädt er mich ein. Ja, gern. Bestimmt 30 Minuten vergehen mit lockerem Klönschnack, der absolut nichts mit Fahrschule oder Motorrad zu tun hat. Dann sage ich ihm, dass ich nun mal los muss. Komische Stimmung.
»Wo willst du denn hin?«
Komische Frage. Nach Hause. Die nassen Klamotten ausziehen und der Welt mitteilen, dass ich bestanden habe.
Bernd holt meinen Rucksack aus dem Auto, hilft mir, die Regenkombi zu verschließen, hilft mir, den Rucksack aufzuziehen. Da sitze ich auf meinem Motorrad, dem wunderschönsten Motorrad der Welt, ohne Knopf im Ohr. Bernd steht neben mir, und wir schauen uns irgendwie hilflos an. Komische Stimmung. Komische Situation. Er zupft noch mal am Kragen meiner Regenkombi.
»Hey«, ganz cool will er klingen, tut er aber nicht, »und du fährst ordentlich, hörst du? Pass auf dich auf, halt den Kopf oben, okay? Und denk an den Schulterblick, hörst du!«
Ja, Bernd, ich werde dran denken.
Komisches Gefühl. Ich bin glücklich und traurig. Und fahre ohne Knopf im Ohr einem neuen Leben entgegen.

Zu Hause schreibe ich sofort die versprochenen SMS. Ist 'ne lange Liste geworden, wer alles informiert werden soll. Die Antworten folgen auf dem Fuß, und ich lache über die vielen frechen Kommentare. Selbstverständlich informiere ich auch meinen Gatten. Er ruft in der Meetingpause an und erzählt mir, dass er seinen Kollegen ganz stolz berichtet hat, sein kleines Frauchen, sein Schatzi, sein Schmuckstück hat doch tatsächlich den Motorradführerschein bestanden. Ich reagiere gereizt auf diese Worte. Kann mir selbst nicht erklären, warum. Er meint es ja lieb. Aber ich fühle mich plötzlich wie ein Besitz, wie sein Eigentum. Das möchte ich nicht sein. Nicht mehr.

Es regnet auch die nächsten Tage. Für mich kein Grund, auf das Motorradfahren zu verzichten. Jeden Tag steige ich auf die Maschine, um kleine Wege zu erledigen. Freue mich über Nachlieferungen bei Tupperware, worüber ich mich früher geärgert hätte. Jetzt sind mir diese Extrafahrten sehr willkommen. Kundenbesuche per Bike. Sehr amüsant, wie die meisten reagieren, wenn ein Motorrad vorfährt. Erstaunte Gesichter und dann ein Aufatmen, wenn ich den Helm abnehme und erkannt werde.

Meine Freundin Rosita ruft an. Sie sucht dringend eine neue Wohnung. Ob ich ihr dabei helfen soll, frage ich. Und stürze mich sofort in das Abenteuer Wohnungssuche. Du kannst dir sicher schon denken, dass ich bei jeder Zeitungsannonce, die für Rosita geeignet erscheint, in Wirklichkeit auch an mich denke. Das wäre es doch, ein eigenes kleines Nest. Eine niedliche, kuschelige Wohnung. In Gedanken richte ich meine Wohnung schon ein. Überlege, was ich alles mitnehmen möchte, worauf ich verzichten könnte. Und stelle mir wieder die Frage, wie viel so ein Leben wohl kostet. Die verlangten Mieten sind zum Teil extrem hoch.

Beim Mietvergleich kommt erschwerend hinzu, dass einige bereits in Euro schreiben. Ja, Euro. Wir bekommen nämlich nächstes Jahr neues Geld. Sie nehmen uns die Mark weg und geben uns Euro. Euro ist nur halb so viel wie die Mark, aber eigentlich doppelt so teuer, vermute ich. Denn wenn du denkst, du gibst ja nur 25,00 Euro aus, dann sind es eigentlich 50,00 Mark. Und wenn du da nicht rechtzeitig drüber nachdenkst, dann gibst du doppelt so viel aus, wie du eigentlich wolltest.

Ich mag Zahlen nicht. Deswegen mag ich auch das neue Geld nicht. Ich mag es jetzt schon nicht, obwohl es noch gar nicht da ist. Obwohl ..., meine Strafzettel halbieren sich dann. Ist doch schon wieder einer ins Haus geflattert. Mein Gatte sagt, irgendwann bekomme ich Punkte in Flensburg wegen der vielen Strafzettel. Und irgendwann nehmen sie mir dann den Führerschein weg.
»Na und, dann fahre ich eben Motorrad.«
Na ja, hat eine Weile gedauert, bis ich begriffen habe.

Aber ich mag mein Internet. Und deswegen verbringe ich immer mehr Zeit in meinem Büro, verschließe mittlerweile die für gewöhnlich offene Tür. Im Internet kann man auch nach Wohnungen suchen, einfach genial. Das Radio ist an, R-SH, Radio Schleswig-Holstein, mein Lieblingssender im schönsten Bundesland der Welt. Wenn Samstagabend der Mittman-Mix von Voller Mittmann läuft, drehe ich das Radio richtig laut und träume mich auf irgendeine Tanzfläche. Stundenlang kann ich mit dieser Musik träumen.
Und stundenlang kann ich chatten. Es gibt einen Neuen im Raum Schleswig-Holstein. Er nennt sich Biokats, heißt Ralf und kommt aus Kiel. Er ist Mitte dreißig und hat keine Fische. Aus lockerem

Klönschnack wird recht schnell Flirten. Aufregend. Bereitet Herzklopfen. Irgendwie sind wir auf einer Wellenlänge. Und irgendwann haben wir abgemacht, dass ich ihn mit Motorrad in Kiel besuche. Ich brauche schließlich Ziele für meine kleinen Touren.

Aber zuerst biete ich meinem Gatten an, mit mir zu fahren. Oder bettle ich sogar? Bitte, bitte, fahr doch mit. Lass uns gemeinsam versuchen, unsere Ehe zu retten. Bitte, bitte, nimm diesen Strohhalm, gib uns eine Chance. Er möchte erst den Rasen mähen. Das sehe ich natürlich ein. Bis morgen wächst der Rasen sonst bestimmt zwei Meter hoch.
»Fahr du mal alleine und üb ein bisschen. Später fahren wir mal gemeinsam.«
Er bemerkt nicht, wie traurig und enttäuscht ich bin. Es wird kein »gemeinsames Später« geben.

Du kannst ganz viel nachdenken unter dem Helm. Entweder laut singen oder nachdenken. Heute denke ich viel nach. Zum Beispiel über Sex. Das ist wohl das schwierigste Thema zwischen Mann und Frau. Wenn es auch im Allgemeinen heißt, es sei die schönste Nebensache der Welt. Eine Nebensache ist es überhaupt nicht. Nur warum gibt es gerade hier so viele Missverständnisse, wenn doch Mann und Frau eigentlich beide Sex wollen? Vielleicht, weil Frau auch beim Sex mit Kopf und Herz dabei ist und nicht nur mit einem bestimmten Körperteil? All die Witze über Frauen und Migräne. Wann macht Mann sich mal Gedanken, warum Frau eventuell lieber Kopfschmerzen hat als Sex? Es liegt gar nicht am Sex selbst, sondern an der Art, wie!

Immer und immer wieder versuche ich, dieses Thema bzw. meine Sicht dieses Themas meinem Gatten begreiflich zu machen. Ich möchte Sex nicht als eheliche Pflichterfüllung, auch nicht als schnelle Befriedigung. Ich möchte auch nicht Sex haben MÜSSEN, sondern Sex haben WOLLEN. Möchte auch selbst mal den ersten Schritt machen, brauche dazu aber Gelegenheit. Möchte nicht nur abends im dunklen Schlafzimmer geliebt werden, sondern auch mal morgens unter der Dusche, so ganz spontan. Oder mittags in der Küche. Warum nicht? Wer sagt denn, dass das nur in »9 ½ Wochen« geht?

Es ist immer das gleiche Ritual. Er sitzt in seinem Büro, arbeitet. Ich gehe ins Bett. Er schaltet den Computer aus und folgt mir. Und ich weiß vorher schon, was er will. Das ist nicht aufregend. Jetzt wartet er mal fünf Minuten, um mich dann zu fragen:
»Willst du Sex?«
Oh bitte, frag mich, ob du mir ein Butterbrot schmieren sollst. Aber frag mich bitte nicht, willst du Sex! Ich weiß, Frauen sind kompliziert.
Es ist mir unmöglich, meine Gedanken in die richtigen, für ihn verständlichen Worte zu fassen. So schweigen wir uns an, und es wird immer weniger. Keine Lust auf Gewohnheit. Mann hat immer Lust.
Das Ende vom Lied: Er zieht aus unserem gemeinsamen Schlafzimmer aus, weil, wie er sagt, er es nicht ertragen kann, einfach nur neben mir zu liegen. Ich bin traurig. Wieder ein Schritt in die falsche Richtung.
Ein wenig bin ich aber auch froh darüber. Ich kann jetzt abends ins Bett gehen, ohne eine Erwartungshaltung erfüllen zu müssen. Ich kann ins Bett gehen, ohne »wollen zu müssen«. Und ich den-

ke, ich kann mich nun schon mal an das Alleineschlafen gewöhnen. Nehme mir schöne Träume mit, träume mir eine neue, heile Welt zurecht.

Am Samstag, den 13. Oktober 2001, strahlt die Sonne, als wolle sie vor dem Winter noch einmal allen zeigen, wie warm und stark sie sein kann. Motorradwetter, ganz klar. Wieder frage ich meinen Gatten, ob er eine Runde mit mir dreht. Wieder hat er noch zu tun. »Aber fahr du mal.«
Ja, das tue ich. Ich fahre kurz entschlossen nach Kiel. Schnell eine SMS an Ralf, ob ich denn einen Kaffee bei ihm bekomme. Klar, er freut sich. Und schon mache ich mich auf den Weg zu einem mir total unbekannten Mann. Wo wir uns treffen, steht noch nicht ganz fest. Ich soll einfach mal losfahren und in Kiel dann anrufen. Er holt mich dann ab. Kann so schwer doch nicht sein.

Bin noch nie in Kiel, unserer Landeshauptstadt, gewesen. Automatisch gelange ich auf die Stadtautobahn. Irgendwann biege ich rechts ab und halte an einer Stelle, an der viele Parkplätze frei sind. Ich rufe an.
»Ja, Ralf hier.«
Aufgeregt erzähle ich ihm, dass ich tatsächlich in der Stadt bin.
»Wo bist du?«
Also, an irgend so einer breiten Straße mit vielen Parkplätzen am Rand. An der einen Seite steht ein dreieckiges Haus, das sehr witzig aussieht. Ist fast aus Glas. An der anderen Seite steht ein Haus auf vielen Pfeilern. Da kann man drunter durchgehen. Sieht auch witzig aus.
»Aha«, sein Kommentar, »wie wäre es, wenn du mal auf das Straßenschild guckst? Vielleicht hat die Straße einen Namen.«
Total doof. Logisch. Ich nu wieder. Solche Sachen passieren mir

ständig. Natürlich würde jeder normale Mensch auf das Straßenschild schauen. Nur ich nicht.
Er sagt, in wenigen Minuten ist er bei mir. Ich stecke mir eine Zigarette an und warte ganz ruhig neben meiner Suzuki. Ist ja schließlich nicht die erste Internet-Bekanntschaft, die ich persönlich kennen lerne.
Als er aus dem Auto steigt, beschleicht mich ein komisches Gefühl. Ich ärgere mich plötzlich, dass meine Haare durch den Helm doch sehr unordentlich sind. Würde genau in diesem Moment gern gut aussehen. Na ja, so gut ich eben aussehen kann mit meinen vierzig Jahren.
Wir fahren ein kurzes Stück, stellen das Auto ab und gehen zu Fuß weiter. Wunderschön, Wasser inmitten von Kiel. Es ist die Ostsee, sagt er. Wow, wer hätte das gedacht? Die Ostsee mitten in Kiel. Ich bin begeistert. Ralf erzählt mir von der Kieler Förde, von der Ostsee, von den Schiffen, von der Marine, während ich in Lederkombi und Motorradstiefeln neben ihm herlaufe. Jedes seiner Worte sauge ich in mich auf. Er kann zauberhaft erzählen. Ich höre ihm gern zu. Manchmal fragt er mich, ob ich noch laufen kann in den dicken Stiefeln. Schließlich müssen wir die gleiche Strecke auch noch zurück. Na selbstverständlich kann ich laufen. Jede Strapaze würde ich gerade auf mich nehmen, nur um seinen Worten zu lauschen und seine Gegenwart zu spüren.
Hallo? Was passiert hier gerade mit mir?
Wir laufen und reden, laufen und reden, laufen und reden. Kann mich gar nicht satt sehen an all den wunderschönen Bildern, die sich mir hier zeigen. Auf dem Rückweg trinken wir dann unseren Kaffee, an einer kleinen Bude direkt mit Blick auf die Ostsee. Mir ist schrecklich warm in der Kombi, und die Füße tun mir weh. Wie gern hätte ich jetzt ordentlich frisiertes Haar.

Zurück bei seiner Wohnung, frage ich, ob ich noch kurz mit reinkommen darf, seine Toilette benutzen. Natürlich darf ich das. Nette kleine Junggesellenbude. Ich muss innerlich schmunzeln. Kein Schnickschnack, alles praktisch. Wir sitzen im Wohnzimmer und sind beide nun irgendwie hilflos. Wir hatten wohl nicht erwartet, dass wir uns so sehr mögen. Denke ich mal. Ralf fragt, ob wir zum Abendessen zusammen irgendwo hingehen wollen, zum Beispiel eine Pizza essen. Ich möchte gern. Aber nun setzt mein Verstand wieder ein. Ich bin verheiratet. Ich muss nach Hause. Es wird jetzt kalt und dunkel draußen. Ich muss los, sofort, auf der Stelle!
Ich bitte ihn, mir in meine Lederjacke zu helfen. Er lacht. »Normalerweise ziehe ich Frauen lieber aus als an.«
Ich grinse. »Na, du musst es deinen Kumpels ja nicht verraten.«
In meinem Herzen und im Bauch kribbelt es jetzt ganz schrecklich. Und ich muss gestehen, ich würde mich genau in diesem Moment auch von ihm lieber aus- als anziehen lassen.

Auf der Heimfahrt singe ich ganz laut. Hey, es ist total genial, Motorrad zu fahren und ganz laut zu singen. »Flieger, grüß mir die Sonne, grüß mir die Sterne und grüß mir den Mond …«
Fühle mich leicht und beschwingt wie ewig nicht mehr. Könnte die ganze Welt umarmen. Hach, war das ein aufregend schöner Tag. Ich fühle mich wie frisch verliebt.

Frisch verliebt? Ich bin verheiratet! Das kann jetzt nicht wirklich sein. Nein, nein, nein. Vernunft einschalten. Zu Hause wartet der Ehemann und macht sich sicher schon Sorgen. Es wird dunkel, es wird kalt. Ich will nicht nach Hause.

Mein Gatte macht mir Vorwürfe. Ich hätte mich mal melden müssen zwischendurch. Schließlich macht er sich Sorgen. Selbstverständlich kann ich tun und lassen, was ich will. Er habe mich doch auch noch nie bevormundet oder mir etwas verboten. Aber melden muss ich mich. Damit er weiß, dass es mir gut geht. Was alles hätte passieren können. Ich allein auf dem Motorrad. Eine Frau allein unterwegs.
Ja, warum nur war ich denn allein unterwegs?
Unser Sohn steht hilflos neben uns. Die Situation ist ihm peinlich, und ich glaube, er hat Mitleid mit mir. Als mein Gatte sich etwas beruhigt hat, fragt Daniel, wie die Tour denn gewesen sei und wo ich war. Sofort hellt sich mein Gesicht auf, und ich berichte mit Händen und Füßen. Ich erzähle so ziemlich alles, bis auf das Kribbeln in meinem Bauch.
»Na, dann hattest du doch einen tollen Tag«, sagt mein Gatte, der ebenfalls meinen Ausführungen gelauscht hat. Ja, den hatte ich wohl. Und nun muss ich ganz schnell ins Internet. Vielleicht hat Ralf mir schon geschrieben.

Nein, hat er nicht. Den ganzen Abend warte ich, doch er kommt nicht online. Blödmann. Na gut, dann eben nicht. Marina und Kalle sind online, die beiden Hamburger. Wir verabreden uns zum Frühstücken. Ich freue mich. Wieder neue Menschen kennen lernen. Und die Biker von Aral planen ein Treffen, an dem ich auch teilnehmen soll. Genaues steht noch nicht fest. Höchstwahrscheinlich soll das Treffen in Braunschweig stattfinden. So langsam muss ich mir mal Gedanken machen, wie ich meinem Gatten die vielen Bikertreffs erkläre. Mittlerweile möchte ich ihn nämlich nicht mehr mitnehmen. Möchte allein die neuen Menschen kennen lernen. Anfangs habe ich noch versucht, ihn in meine neue Welt mit einzubinden. Ich habe ihm von meinen Online-Bekanntschaften erzählt, ihm Fotos gezeigt. Hatte gehofft, ihn mit in diese Bikerwelt zu nehmen. Ohne Erfolg. »Mach du mal«, war seine Standartantwort. Nun erzähle ich nichts mehr. Nun behalte ich meine neuen Freunde für mich alleine. Nun möchte ich frei sein, ohne ihn, ungezwungen fröhlich und albern sein.

Musik gehört einfach zu meinem Leben. Ohne Musik könnte ich keinen Tag überstehen. Nun hat man ja nicht immer ein Radio oder einen CD-Player dabei. Aber die Musik, die man im Herzen hat, die lässt sich immer hören. Wenn ich ein Lied ganz besonders dolle mag, dann nehme ich es in mich auf. Geht ganz einfach: Kopfhörer aufsetzen, Augen zu, einsaugen und speichern. Diese Musik kann ich bei Bedarf abrufen. Klingt komisch? Versuch es doch mal, es funktioniert. Und wenn dann irgendwo mal kein Radio läuft, dann höre ich einfach ein Lied aus mir heraus. Manchmal beginne ich irgendwo mittendrin mitzusingen, sehr zur Verwunderung der Menschen um mich herum. Sie wissen ja nicht, welches Lied ich gerade höre und warum ich plötzlich singe. Meiner Meinung nach sollte jeder viele Lieder in sich speichern, immer Musik in sich tragen. Musik macht fröhlich.
Zurzeit höre ich sehr gern »Für mich soll's rote Rosen regnen«, die Version von Extrabreit mit Hildegard Knef. Total genial. Ist auch in mir gespeichert. »… möchte nicht allein sein und doch frei sein …«
Sonntag SMS von Ralf. Ob wir mal telefonieren können. Ich warte die passende Gelegenheit ab und rufe ihn an.
Ob ich gut nach Hause gekommen bin.
Ja.
Und wir könnten uns ja mal wieder sehen.
Ja, könnten wir wohl.
Vielleicht eine Pizza zusammen essen.

Ja, ich mag Pizza.
Fein, dann machen wir das mal.
Mein Herz klopft wie wild. Ob er das in Kiel hören kann? Meine Vernunft sagt, diesen Mann bitte nicht wiedersehen. Mein Herz sagt, am liebsten jetzt sofort.

Wird Zeit, mal etwas aufzuräumen. Ich sortiere in meinem Büro alles Mögliche um, trenne mich von unwichtigen Dingen, werfe tatsächlich mal etwas weg. Meine Sammelleidenschaft in allen Ehren, aber es hat sich im Laufe der Jahre so viel unnötiger Ballast angesammelt. Jetzt soll mal der richtige Zeitpunkt sein, sich davon zu trennen. Papierschnitzel, auf die eine Adresse gekritzelt ist (wird vorher natürlich ins Adressbuch übertragen), Zettelchen mit kleinen Sprüchen (schreibe ich vorher in ein kleines Büchlein), Speisekarten von einem netten Abend (ersatzlos weg), jede Menge längst vergilbter Postkarten, Stoffreste (weil sie so hübsch aussehen oder besonders weich sind), Parfumproben (längst eingetrocknet), Kerzenreste (man hätte sie ja mal einschmelzen können), Zeitungsartikel, Servietten, Rosen von der Schießbude, Schleifen von Geschenkpapier, Dekovögelchen aus vertrockneten Blumensträußen. Kaum zu glauben, was Mensch so alles aufbewahren kann. Oder wirfst du immer gleich alles weg?
Ich trenne mich also von unwichtigem Kram. Okay, einiges findet einen neuen Platz in einer selbst bemalten Sammelkiste. Wird dann beim nächsten Aufräumen entsorgt.

Nun kommt das Bücherregal dran. Ich liebe Bücher! Ob Märchenbücher, Gedichtbände, Romane, Philosophie, Aphorismen, Sachbücher, Bildbände, alles dabei. Ich liebe Bücher so sehr, dass ich grundsätzlich zwei kaufen muss, wenn ich eines verschenken will. Ich kann einfach kein Buch kaufen und es dann verschenken,

würde es behalten wollen. Also kaufe ich von vornherein gleich zwei.
Schon als Kind liebte ich Bücher. Während ich so durch die Bücherreihen streiche, fällt mir eine Geschichte ein. Als 1989 die Mauer fiel, wir saßen mit der ganzen Familie vor dem Fernseher, sagte ich, dieses Datum werde bestimmt in die Geschichtsbücher eingehen. Mein damals achtjähriger Sohn antwortete locker: »Wird auf Chips gespeichert, Mama, Bücher gibt es nicht mehr lange.«
Welch schreckliche Vorstellung. Ich kann doch keinen Chip mit an den Strand nehmen.
Natürlich trenne ich mich von keinem der Bücher. Aber zwischen den Werken stecken wieder viele Kleinigkeiten, die zum Teil sehr unwichtig geworden sind. Und wieder finde ich Zettelchen mit schlauen Sprüchen. Manchmal habe ich nur ein Wort aufgeschrieben, z.B. weil es mir gut gefällt oder weil ich es nicht kannte. Ich finde Gedichte, aus Zeitungen herausgerissen, witzige Sketche für Hochzeiten oder Jahrestage, Liedertexte, Federn, Rosenblätter, Fotos …
Und wieder sortiere ich hin und her. Weniges findet seinen letzten Platz im Papierkorb.
Da fällt mir ein, ich habe doch noch alle meine Kinderbücher. Habe sie meinen eigenen Kindern geliehen, doch nun möchte ich sie wiederhaben. Also ab in den Spielraum. Meine Kinder sind längst erwachsen und lesen sicher nicht mehr darin. Vielleicht die Enkelkinder eines Tages. Ich finde sie alle wieder und verliere mich in Erinnerungen. »Eine wundersame Puppenreise«, »Heidi«, »Tom Sawyer und Huckleberry Finn«, »Hanni und Nanni« …
Meine Bücher sind alt, aber gut erhalten. Denn es sind geliebte Bücher. Die Bücher meiner Kinder sind dagegen neueren Datums, aber längst nicht so geliebt worden. Ein großer Karton muss her.

Ich finde ihn auf dem Dachboden. Sorgfältig packe ich meine Kinderbücher schon mal ein. Man kann ja nie wissen, wann ich sie woanders wieder auspacken werde.

Er ist online. Und ich Aufregung pur. Ob ich Lust habe, am Dienstag mit ihm essen zu gehen. Ja, laut Terminkalender geht das wohl. Habe Dienstagabend keine Tuppervorführung. Nur Ware muss ich liefern, aber das kann ich ja vorher machen. Nein, er will schon mittags mit mir essen gehen, nicht abends. Na, das ist doch noch viel besser, beruhige ich mein schlechtes Gewissen. Was soll denn mittags schon passieren? Wir werden essen gehen, vielleicht noch bisschen bummeln, dann fahre ich Ware liefern und anschließend wieder nach Hause. Kein Problem, alles klar. Dienstag um 13.00 Uhr werde ich in Kiel sein.

Erstaunt stelle ich mal wieder fest, dass es meinen Gatten in keinster Weise zu interessieren scheint, wo ich mich so aufhalte. Alle meine Gedanken, wie ich denn nun eine Ausrede finde, ohne lügen zu müssen, sind total überflüssig. Vertraut er mir so unendlich? Oder bin ich ihm einfach egal? Hat er sich überhaupt je dafür interessiert, wo ich bin? Mir scheint, es ist ihm nur wichtig, dass ich brav nach Hause zurückkomme, dass seine heile Welt heil bleibt. Er benimmt sich so oberflächlich. Hat er das schon immer getan? Bin ich ihm im Prinzip egal, Hauptsache, die Welt sieht nach außen rosa aus?

Dienstag. Ich fahre nach Kiel. Diesmal mit dem Auto. Hoffentlich finde ich den Weg wieder. Zeig mir einmal einen Umweg, ich fahre den dann immer wieder. Straßennamen kann ich mir nicht merken, es sei denn, es sind besondere Namen, wie z.B. Nachtigallenweg, Sonnenstraße oder so ähnlich. Ansonsten merke ich

mir ganz andere Dinge, um mich zu orientieren. Manchmal leider Sachen, die sehr vergänglich sind, Baustellen, Jahrmärkte, Plakate, besondere Farben oder so. Aber ich finde den Weg und bin superpünktlich bei Ralf.
Wir fahren in eine Pizzeria, in der es laut seiner Aussage die beste Steinofenpizza von ganz Kiel gibt. Ich fühle mich total unsicher in seiner Gegenwart. Unsicher, nicht unwohl!
Am Nachbartisch nervt ein etwa achtjähriger Junge seine Eltern mit einem wohl neuen Spielzeug. Sie lächeln gequält, die Eltern. Die Pizza schmeckt wirklich prima. Ralf mag Oliven auch nicht so gern, registriere ich nebenbei. Für einen Dienstag guter Betrieb in diesem Haus. Ich spiele mein Spiel, ob die Peperoni diesmal wohl scharf sind oder nicht. Wirst du mich immer wieder dabei ertappen, wenn eine Peperoni auf meinem Teller liegt. Zaghaft reinbeißen, probieren, ob ich es ertrage. Puh, Tränen in den Augen, Gesicht verzerren, wieder zu scharf.
Ob ich noch Zeit habe, will Ralf wissen. Alle Zeit der Welt. Wir gehen an den Strand. Kiel hat einen Strand. Wieso hat mir nie jemand erzählt, dass eine Stadt so wunderschön gelegen sein kann. Ich mag keine Städte. Bin ein Dorfkind und werde es auch immer bleiben. Aber Kiel gefällt mir. Wo genau dieser Strand jetzt liegt, das kann ich nicht sagen. Wir sind ein Stück mit dem Auto gefahren, schon waren wir da. Am Strand lassen Menschen bunte Drachen steigen. Faszinierend. Nur leider kann man nicht nach vorne schauen, wenn der Blick nach oben geht. Ich bin oft ein Hans-guck-in-die-Luft. Die Drachen sehen schön aus. Ralf rettet mich vor einer unliebsamen Begegnung mit der Hinterlassenschaft eines Hundes. Wir spazieren nebeneinanderher. In mir das unbeschreibliche Verlangen, seine Hand zu nehmen und mich an ihn zu kuscheln. Ganz eng, ganz liebevoll. Aber er hält Abstand. Und ich bin verheiratet! Eine Affäre kommt überhaupt nicht in

Frage, auf keinen Fall. Dienstag nachmittags, da kann doch auch nichts passieren.
Leider hat die Eisdiele am Strand bereits geschlossen. Logisch, es ist Ende Oktober, Eisdielenzeit vorbei. Aber in der Stadt finden wir noch eine Eisdiele und gönnen uns eine riesengroße Köstlichkeit. Ich bitte mit ganz viel Sahne, ich liebe Sahne. Mit dem Eis in der Hand bummeln wir an vielen bunten Geschäften vorbei. Gut, das gibt es auf dem Dorf nicht. Ich sehe mir gern Schaufenster an. Von meinem Papa habe ich den Tick, »mit den Augen zu klauen«, der einzige Diebstahl, der erlaubt ist und niemandem schadet.
Noch eine Tasse Kaffee bei Ralf, so zum Abschied? Ja sicher, warum nicht. Es ist Dienstagnachmittag, da kann doch nichts passieren. Und bis zur Warenlieferung habe ich noch etwas Zeit.
Der Kaffee wird kalt in den Tassen.

Eine Welt stürzt ein, und eine andere öffnet sich. Ich bin in der Hölle und im Himmel. Fahre Karussell und Achterbahn. Dieser schrecklich nette Mensch, der so wunderbar erzählen kann, dem ich so gern zuhöre, der so aussieht, als könne er keiner Fliege was zuleide tun, dieser schrecklich nette Mensch nimmt mich ohne Vorwarnung in die Arme und küsst mich so leidenschaftlich, dass mir Hören und Sehen vergeht.
Ich will mich wehren, eine Sekunde lang, geht nicht. Fühle mich verdammt hilflos, fühle mich verdammt wohl. Will vernünftig sein und lasse mich einfach fallen.
Meinen Warenliefertermin kann ich nicht einhalten. Wird später heute …

Eigentlich müsste der Glanz in meinen Augen zu sehen sein. Eigentlich müsste das schlechte Gewissen regelrecht wie ein Netz um mich herum sichtbar sein. Eigentlich müsste mein Herzklopfen alle Geräusche dieser Welt übertönen. Aber mein Gatte bemerkt nichts!

Er hat nun übrigens das Buch gelesen, »Männer sind anders, Frauen auch«. Er gibt es mir zurück und sagt, es sei außerordentlich interessant und er müsse über einiges nachdenken. Einen Moment bin ich erstaunt und hoffnungsvoll. Doch dann kommt ein Nachsatz: »Sogar hier kann man einiges für seine Mitarbeiter herausziehen.«

Der Frühstückstermin mit Kalle und Marina in Hamburg steht nun fest. Nächsten Samstag. Ich freue mich darauf. Doch dann kommt Susanne und bittet mich, von Freitag bis Sonntag ihren fünfjährigen Sohn Luca zu betreuen. Luca ist ein niedlicher Bengel, aber hmmm, diesmal passt das gar nicht. Ob mein Gatte wohl bereit ist, ein paar Stunden auf ihn aufzupassen? Wohl nicht sehr gern. Aber fragen kann ich ja mal. Wie erwartet zeigt er sich nicht gerade begeistert.

Im letzten Jahr ist mir oft aufgefallen, dass meine Bitten an ihn grundsätzlich erst einmal auf Widerstand stoßen, erst einmal abgeblockt werden. Früher hat er oft mal für mich Ware geliefert, nun schon lange nicht mehr. Natürlich ist das auch nicht seine Aufgabe, sondern es gehört zu meinem Beruf. Aber mittlerweile habe ich einen so großen Kundenkreis, bin so oft in Sachen Tupperware unterwegs und verdiene so gut wie in einem Ganztagsjob. Nebenbei die komplette Hausarbeit, die nach wie vor mir allein unterliegt. Es wird einfach erwartet, dass die Wohnung schnuckelig sauber und ordentlich ist, die Wäsche gewaschen und die Hemden ordentlich gebügelt sind. Es wird erwartet, dass Essen gekocht und serviert wird. Mein Gatte würde selbst Wasser

anbrennen lassen, behauptet er. Er weigert sich strikt, irgendwelche Kochkünste auch nur einmal auszuprobieren. Dafür bin ich ja da. Stattdessen würde er mir sofort den Hammer aus der Hand nehmen, wenn ich mal ein Bild aufhängen will.
Und nun das Kind. Wie lange ich denn wohl weg sein würde und was er in der Zeit mit Luca machen soll. Eigentlich hatte er so viel vor …
Nein, betteln will ich nicht. Kurzerhand packe ich den Knaben in mein Auto und nehme ihn einfach mit zum Frühstücken. Gern wäre ich dort mit meinem Motorrad angekommen, aber manchmal muss man eben Kompromisse eingehen.

Marina und Kalle sind ausgesprochen nette und fröhliche Menschen. Sie haben sofort Verständnis für meine Situation, auch wenn nun die geplante kleine Mopedtour nach dem Frühstück nicht stattfinden kann.
Luca hat einen enormen Appetit, der mich schon oft ins Staunen gebracht hat. Wie passen nur so viele Nahrungsmittel in diesen kleinen Bengel hinein? Auch Kalle und Marina amüsieren sich köstlich, wie schnell er das Nutella-Brötchen verschlingt und nach einem neuen verlangt. Wir unterhalten uns toll. Die Zeit vergeht wie im Flug. Luca lässt sich prima beschäftigen, z.B. mit Bauen von Türmen aus Bierdeckeln, mit Schreiben von Zahlen und Buchstaben und immer wieder mit essen. »Diesmal ein Honigbrötchen, bitte.«
Auf der Heimfahrt zählt Luca die Autos, die uns entgegenkommen, erklärt mir jede Automarke. Da fällt mir siedend heiß ein, ich habe unser Frühstück gar nicht bezahlt. Oh Schreck, wie peinlich! Wir haben uns verabschiedet und sind einfach gegangen. Peinlich, peinlich!

Steffi sendet mir eine SMS: Sie blitzen in Reinfeld.
Ich antworte: Keine Zeit. Außerdem habe ich das letzte Knöllchen noch nicht bezahlt.
Steffi: ;-)

Zu Hause gehe ich sofort online, um Kalle und Marina eine Mail zu schreiben. Die Antwort kommt schnell: »Kein Problem, du Zechprellerin. Wir warten nun auf die Gegeneinladung.« Gern, das machen wir. Ich bin erleichtert.

Sonntag holt Susanne ihren Sohn ab. »Wird auch Zeit«, grinse ich, »habe kaum noch etwas zu essen im Haus. Der Bengel futtert einem ja die Haare vom Kopf!«
Susanne lacht. »Deswegen muss ich ihn ja von Zeit zu Zeit mal woanders unterbringen. Seine Unterhaltungskosten werden mir sonst einfach zu hoch.«
Luca umarmt mich zum Abschied und sagt, er möchte bald wieder mit mir frühstücken gehen.

Ralf aus Kiel. Ich denke jede Sekunde an ihn. Als wir uns das erste Mal sahen, sprachen wir auch über das Internet. Er meinte, das Internet sei eine Gefahr für viele Beziehungen, worauf ich erwiderte, es könne nur eine Gefahr sein, wenn die Beziehung sowieso schon im Argen liegt. Und nun? Okay, meine Beziehung stimmt tatsächlich schon lange nicht mehr. Mama hat das übrigens schon gewusst, als ich mir die Haare abschneiden ließ und Inliner kaufte. Ralf mag lieber Frauen mit langen Haaren. Inliner läuft er auch nicht. Nein, und auch das Motorradfahren gehört nicht zu seinen Hobbys.
Aber er liest Bücher. Und er besitzt jede Menge Bücher. Sogar das Buch von John Gray hat er gelesen. Nicht nur gelesen, auch ver-

standen. Man kann unwahrscheinlich gut mit ihm reden. Er ist ein aufmerksamer Zuhörer, gibt mir den Eindruck, jedes meiner Worte ist wichtig, ich bin wichtig. Die Strecke zu ihm kenne ich mittlerweile auswendig. Oft stehlen wir uns ein paar Stunden zwischen meinen Auslieferterminen und Tupperparties. Im Internet sehen wir uns täglich, und meine Handyrechnungen werden wohl wegen der vielen SMS reichlich hoch werden.

Die Wohnungssuche wird nun konkreter. Rosita hat noch immer nichts Passendes gefunden. Wir unterhalten uns über die Kriterien wie Ort, Größe, Preis, Umfeld. Wir sitzen in Rositas kleiner Küche, trinken Kaffee.

»Du, Rosita«, beginne ich vorsichtig, »wenn du eine tolle, bezahlbare Wohnung findest, die für dich nicht in Frage kommt, magst du mir dann Bescheid sagen?«

Auf ihren fragenden Blick kann ich nicht sofort antworten. Mein Herz klopft und ich zittere innerlich. Bisher hatte ich nur mit Armin über dieses Thema gesprochen. Das fiel mir leicht, denn Armin kennt meinen Gatten nicht. Armin gehört nicht zu meinem »alten« Leben, zu unseren gemeinsamen Bekannten. Bei Rosita ist das anders. Sie mag meinen Gatten.

Vorsichtig taste ich mich vor. »Manchmal ist alles nicht so, wie es scheint.«

Ihre Augen werden größer. Sie sagt aber nichts, schaut mich nur abwartend an. Nun gibt es kein Zurück mehr, ich muss reden. Rosita hört mir aufmerksam und erstaunt zu. Ich erwarte irgendwie Vorwürfe, doch die kommen nicht. Stattdessen wirft sie mir einen Gedanken vor die Füße, und da liegt er nun, und ich will ihn nicht aufheben.

»Du wirst alleine sein. Manchmal sehr alleine sein. Du wirst einsam sein. Kannst du damit umgehen?«

Ich hebe den Gedanken schweigend auf, packe ihn erst mal weg, in meine Hosentasche, werde mich später damit beschäftigen.
Auf dem Heimweg fahre ich an zwei Wohnungen vorbei, deren Anschrift mir Rosita noch genannt hat. Beide Wohnungen sind nicht nach meinem Geschmack. Stark befahrene Straße, kein Grundstück, keinen Garten. Nein, das ist nichts für mich. Meine neue Wohnung soll schön gelegen sein. Ich möchte mich wohl fühlen.

Abends beim Ausziehen fällt dieser doofe Gedanke aus meiner Hosentasche. Du wirst allein sein, manchmal sehr allein sein, einsam sein. Kann ich damit umgehen? Was mache ich mit mir allein? Ich bin noch nie im Leben allein gewesen. Niemand da, dem ich meine verrückten Gedankengänge mitteilen kann. Niemand da, der meine Freude mit mir teilt? Oder meinen Kummer erträgt? Niemand da, den ich bemuttern und verwöhnen kann? Keine Schulter zum Anlehnen? Keine starken Arme, die mich festhalten, wenn ich schwach bin? Kein großer Prinz, der mir die Leiter ersetzt?
Kann ich das? Will ich das? In Gedanken lasse ich alle mir bekannten Singles Revue passieren. Was macht Bianca abends allein in ihrer Wohnung? Wie fühlt sich Anke an Feiertagen? Wem erzählt Armin, wenn er sich auf Arbeit geärgert hat? Und Claudia, ob sie wohl für sich allein ordentliche Mahlzeiten kocht?
Tief im Herzen weiß ich, ich möchte nicht allein sein. Ich möchte unbedingt geliebt werden und lieben, möchte verwöhnt werden und verwöhnen, begehrt werden und begehren, Vertrauen geben und nehmen. Ich möchte nicht allein sein. Ralf aus Kiel? In dieser Nacht schlafe ich sehr schlecht. Habe Angst vor dem Alleinsein, habe Angst vor der Einsamkeit.

November 2001. Warum kann er meine Gedanken nicht lesen? Warum fühlt er nicht, wie unglücklich ich bin? Warum gelingt es mir nicht, meine Gefühle in Worte zu fassen und laut auszusprechen?

Ich frage ihn, ob er mitkommen möchte, wenn ich mich mit Kalle und Marina zum Revanche-Frühstück treffe. Er ist einverstanden. Und er ist auch einverstanden, dass wir mit dem Motorrad fahren. Wir sind vor den beiden in dem vereinbarten Lokal. Während wir auf sie warten, beschleicht mich wieder dieses komische Gefühl, das ich von vielen anderen Situationen kenne. Ich frage mich, ob Kalle und Marina wohl »gut genug« für meinen Gatten sind. Immer und immer wieder der Gedanke, ob alles »gut genug« ist. Ist das Essen gut genug, sind die Hemden gut genug, ist die Wohnung gut genug, sind die Freunde gut genug, bin ich gut genug …
Ein irrsinniger Erwartungsdruck, der mich belastet.

Kalle und Marina strahlen um die Wette vor guter Laune. Und natürlich muss ich mir noch einmal anhören, dass ich eine Zechprellerin bin. Stundenlang genießen wir das leckere Brunch. Marina und ich sabbeln unentwegt und lassen die Herren der Schöpfung kaum zu Wort kommen. Ich fühle mich wohl. Und auch meinem Gatten scheint es zu gefallen. Wir verabschieden uns mit dem Versprechen, uns bald mal wiederzusehen. Nun, für meinen Gatten wird dies nicht der Fall sein.

»Als die beiden hereinkamen, war ich richtig erschrocken«, sagt mein Gatte zu Hause. »Aber sie sind ja wirklich recht nett, auch wenn sie nicht so aussehen.«
Da ist es wieder! Dieses »gut genug«. Diesmal werde ich wütend.

Verflixt, wie müssen nette Menschen denn aussehen? Wer urteilt nach der Optik? Nach Geld und nach Kleidung? Nach dem äußeren Erscheinungsbild?

Für mich müssen Menschen liebe Augen haben und eine warme Ausstrahlung. Sie müssen freundlich und offen sein, aber nicht reich und gebildet und was weiß ich noch alles. Ich bin so wütend! Die Menschen, mit denen ich mich gern umgebe, die müssen keine maßgeschneiderten Anzüge tragen. Die Menschen, die ich mag, sind einfach und herzlich. Sie denken nicht in Nielsen-Zahlen. Sie ziehen keine Schau ab, sondern sind einfach so, wie sie eben sind. Ich sortiere meine Freunde nicht nach ihren Kontoauszügen. Ich bin so wütend! Kein Mensch ist perfekt. Außer meinem Gatten. Ich halte ihm vor, dass er an jedem Menschen in unserem Umfeld irgendetwas zu bemängeln hat. Und ich nenne Beispiele. Die Kleidung gefällt nicht, unvorteilhafte Frisur, nicht schlau genug, 4 kg zu viel auf der Waage, redet zu laut, redet zu leise, redet zu viel, redet zu wenig …

Lediglich seine Arbeitskollegen kommen gut weg.

»Wo sind DEINE Freunde?«

Nachdenklich gesteht er ein, dass meine Worte ins Schwarze treffen.

Samstag, mein Gatte ist zum Einkaufen gefahren. Eine Aufgabe, die schon seit einiger Zeit ihm obliegt. Ist mir sehr recht, denn ich gehe nicht gern einkaufen. Es sei denn, es geht um Schuhe. Habe ich schon erwähnt, dass ich einen totalen Schuhtick habe? Ja, ja, Frauen und Schuhe. Stimmt schon, ich habe nur zwei Füße. Aber ich habe so viele Schuhe, dass ich zu fast jeder Pulloverfarbe auch die passende Fußbekleidung hervorzaubern kann. Zu jedem Kostümchen ein anderes Paar, zu jedem Abendkleid eigene Stiletto-Heels, zauberhafte Stiefelchen, niedliche Pumps in allen erdenklichen Farben, Sandaletten ohne Ende. Und es kommen immer noch neue hinzu.

Ralf sendet eine SMS. Mir stockt der Atem, als ich seine Worte lese:
Willst du morgen früh neben mir aufwachen?
Mein Herz klopft zum Zerspringen. Ich kann keinen klaren Gedanken fassen, werde hektisch. Ob ich ..., natürlich will ich ..., unbedingt ..., aber wie ..., ich kann doch nicht ...
Frauke! Meine Freundin Frauke muss mir helfen. Ich rufe sie an. Hatte ihr schon von Ralf berichtet. Sie erklärt mich für verrückt. Wie bringe ich das alles nun meinem Gatten bei, ohne viel zu lügen? Ich kann einfach nicht lügen. Entscheide mich für Halbwahrheiten. Irgendwie muss das möglich sein.
Wir packen gemeinsam seine Einkäufe aus.
»Habe vorhin mit Frauke telefoniert.« Nicht gelogen.
Desinteresse von seiner Seite aus und die unfassbare Frage: »Frauke? Wer ist noch mal Frauke?«
Meine beste Freundin. Ich bin sprachlos. Was weißt du eigentlich von meinem Leben, werter Gatte?
»Die Friseurin.«
»Ach ja, die mit dem älteren Mann, den ich nicht so mag. Richtig?«
Sprachlos, fassungslos. Aber dadurch werde ich ruhiger. Mein schlechtes Gewissen schwindet langsam.
»Ja, genau die. Ich werde gleich mal zu ihr fahren und ihr die Tuppersachen bringen.« Nicht gelogen.
»Mach das.«
»Sie hat schrecklich viel Kummer mit dem neuen Haus.« Nicht gelogen.
»Neues Haus? Ist sie umgezogen?«

Ja, schon vor 'ner ganzen Weile.
»Ich bleibe über Nacht weg, komme erst morgen gegen Mittag wieder.« Nicht gelogen.
Er ist einverstanden, kein Problem.
»Wo wohnt Frauke denn jetzt?«
In Norderstedt, habe ich dir alles schon erzählt. Irgendwann. Du hast mir nicht zugehört?
Macht nichts, nicht mehr. Mein Weg ist frei. Ich fahre nach Kiel, mit Umweg über Norderstedt. Ich bin verrückt.

Wir verbringen einen gemütlichen Abend miteinander, Ralf und ich, mit vielen Stunden reden, reden, reden. Eigentlich eine Zumutung von mir, dass ich ihn mit meinem Seelenkummer belästige. Aber er hört mir aufmerksam zu, gibt mir Denkanstöße, macht Lösungsvorschläge. Erstaunlicherweise ergreift er zwischendurch Partei für meinen Gatten, versucht mir dessen Ansicht darzulegen. Und er schlägt vor, doch eine Eheberatung in Anspruch zu nehmen. Das möchte ich aber gar nicht hören. Ich möchte gerade lieber hören, dass er sagt: Ja, trenn dich von deinem Mann und komm zu mir. Tut er aber nicht.
Seine Art zu denken fasziniert mich. Er lacht nicht, wenn ich über irgendwelche Lebenstheorien philosophiere, sondern geht darauf ein und spinnt den Faden weiter. Sogar über Astrologie kann man mit ihm reden. Astrologie ist ein heimliches Hobby von mir. Von ihm wohl auch, denn er kennt sich bestens aus. Über Religion kann man mit ihm reden. Es gibt so unendlich viele Themen. Aber das passt nicht alles in einen Abend. Also wünsche ich mir noch ganz viele Abende mit Ralf.
Und viele Nächte! Ich bin sehr gern neben ihm aufgewacht.

Dezember 2001.
Die Chatter von der Aral-Seite treffen sich in Braunschweig zum Weihnachtsmarkt. Endlich lerne ich die Jungs und Mädels persönlich kennen, mit denen ich abends im Netz so gerne plaudere. Ich soll eine Poftüte mitbringen. Eine was? Einen Schlafsack. Huch, so etwas besitze ich gar nicht. Eine Bikerin, die keinen Schlafsack besitzt? Ausnahmsweise geht auch eine Kuscheldecke. Ich nehme mir vor, schnellstens einen Schlafsack zu kaufen.
Die anderen kennen sich schon alle persönlich. Nur ich bin neu in diesem Kreis. Werde herzlich aufgenommen und fühle mich sofort wohl. Nach dem Bummel über den Weihnachtsmarkt sitzen wir bei Thorsten. In seiner Zwei-Zimmer-Wohnung sollen wir alle übernachten. Nun mache ich mir doch so meine Gedanken. Alle einfach auf Luftmatratzen irgendwo verteilt, Männer und Frauen gemischt. Das passt so gar nicht in meine bisherige Welt. Die anderen sehen das total locker. Hey, bei Bikern ist das eben so. Geschlafen wird allerdings wenig in dieser Nacht. Irgendwo fängt immer wieder jemand an zu kichern oder zu erzählen. Ich habe schon lange nicht mehr so viel und herzlich gelacht. Markus verlangt zwischendurch nach meinem Personalausweis. Er glaubt nicht, dass ich bereits 40 Jahre alt und Oma bin. Momentan fühle ich mich auch irgendwie viel jünger.

Sonntagmorgen, nach dem Frühstück mit den nettesten Bikern der Welt, fahre ich weiter nach Hessen. Meine Eltern besuchen. Eigentlich sehen wir uns viel zu selten, was mit Sicherheit nicht nur an den 400 km Entfernung liegt. Vielmehr liegt es daran, dass mein Gatte sich nicht wohl fühlt bei meinen Eltern. Wir sind nur zu Pflichtbesuchen gemeinsam dort gewesen. Die Kinder und ich, wir fühlen uns immer wohl in der Herzlichkeit und Wärme meiner Familie. Aber für meinen Gatten waren sie nicht »gut genug«.

Nun nutze ich also die Gelegenheit, sie mal wiederzusehen. Lange bleiben kann ich aber nicht. Am Dienstag muss ich nach Kiel. Ralf hat mich eingeladen, mit ihm und einer Freundin in das Bryan-Adams-Konzert zu gehen.

Mama merkt sofort, dass in meinem Leben gravierende Veränderungen anstehen. Das offene Gespräch mit meinen Eltern nimmt mir viele Ängste und Bedenken. Doch, sie mögen meinen Gatten, aber so richtig warm geworden sind sie mit ihm nie. Er lebt in einer anderen Welt, weiter oben. Wir sind einfache Menschen, weiter unten. Er hat mich mal mitgenommen nach oben. Nun möchte ich wieder in meine Welt, nach unten.

Dienstag fahre ich von Hessen direkt nach Kiel. Ohne schlechtes Gewissen gehe ich mit Cordula und Ralf zum Konzert. Mein Herz ist voll von den faszinierenden Eindrücken der riesigen Ostseehalle, von der Masse Mensch, die alle fröhlich sind, und von der wunderbaren Musik. Ich fühle mich unendlich ausgefüllt, unendlich zufrieden. Schwer in Worte zu fassen.
So richtig schaffe ich es nicht, am Mittwoch wieder in die Realität zurückzufinden. Es ist alles nicht mehr, wie es einmal war. Ich muss meinem Gatten begreiflich machen, dass wir uns trennen werden. Davor habe ich Angst, große Angst.

Eine neue Seite im Internet, die mich hellauf begeistert. Eine reine Bikerseite. Dort kannst du dir ein Profil anlegen, mit Foto und Text, hast ein Gästebuch, bekommst niedliche Sticker wie in einem Poesie-Album und kannst mit anderen Bikern Kontakt aufnehmen und Touren verabreden. Logisch, nicht jetzt im Dezember. Aber der nächste Frühling kommt bestimmt.

Burkhard wohnt in Norderstedt. Er hat in seinem Profil ein animiertes Foto, das mich begeistert. Ich möchte auch so ein bewegliches Bild in meinem Profil haben. Also schreibe ich ihn an und frage, wie er das gemacht hat. Es sei ganz einfach, antwortet er schnell, ich müsse nur dieses Programm und jenes Programm und so weiter. Na, tolle Wurst, so etwas kann ich doch nicht! Also sende ich ihm einfach vertrauensvoll mehrere Fotos von mir und meinem Motorrad, und er verwandelt diese in die gewünschte Animation. Nun habe auch ich bewegte Bilder auf meiner kleinen Seite. Toll! Dafür muss ich mit Burkhard essen gehen. Okay, gerne doch.
Ingo wohnt etwa 40 km von mir entfernt. Er möchte gern einen Stammtisch gründen, für die Biker hier im Norden. So mit regelmäßigen Treffen und gemeinsamen Touren. Nette Idee, ich bin dabei.
In meinem Gästebuch sind schon viele freundliche Einträge. Neuester Eintrag: Wollte dir nur mal sagen, du machst eine gute Figur auf deiner Maschine, Gruß, Manni. Schnell mal nachschauen, wer das ist. Oh, niedlich, ein Harleyfahrer. Am liebsten würde ich ihm schreiben, dass er auch gut aussieht. Aber ich tue es nicht.

Mein Gatte hat die Batterie aus meinem Motorrad ausgebaut. Das Herz herausgerissen. Ich bin wütend. Er hat mich nicht gefragt. Es ist mein Motorrad. Das Herz sollte nicht heraus. Ich fahre bald wieder, ganz bestimmt. Die Batterie musste für diesen kurzen Zeitraum nicht raus. Ich bin sauer. Aber ich nehme es schweigend hin.

In zwei Wochen ist Weihnachten. Mir graut davor. Früher habe ich Weihnachten geliebt. Alles liebevoll dekorieren, Geschenke aussuchen, etwas Selbstgebasteltes oder Gemaltes für jeden dazu, alles fein einpacken, mit Schleifen und Sternchen verzieren, Kekse backen. Als die Kinder noch Kinder waren, da war Weihnachten schön. Da konnte ich bemuttern und verwöhnen, da wurden meine weihnachtlichen Aktivitäten geliebt, bemerkt und erfreut angenommen. Ist in den letzten Jahren schon nicht mehr so gewesen. Weihnachten wirkt wie Traditionspflicht, die man eben erfüllt, weil man sie erfüllen muss. Traurig. Jeder setzt ein feierliches Gesicht auf, tut hocherfreut beim Auspacken der Geschenke, man umarmt sich pflichtbewusst, beschenkt sich pflichtbewusst und wartet, dass der Abend endlich vorbei ist. Traurig. Nebeneinandersitzen und sich fragen, was man denn miteinander reden könnte. Okay, dann doch wieder den Fernseher an. Es laufen immer schöne Spielfilme an Weihnachten.

Nur noch zwei Wochen. Ich habe noch nichts dekoriert, noch keine Geschenke eingekauft. Am liebsten möchte ich mich verkriechen und erst wieder am 1. Januar auftauchen. Ich frage mal, ob die Kinder Weihnachten zu Besuch kommen. Und was wir Silvester machen wollen. Irgendwohin gehen zum Feiern? Oder selbst Gäste einladen? Aber wen? Es sind keine Freunde mehr da, die zu uns kommen würden. Mit Dieter habe ich gesprochen. Er sagt, er fühle sich immer so minderwertig in Gegenwart meines Gatten. Kann ich gut verstehen, Dieter, nur zu gut.
»Und was macht ihr Silvester?«, frage ich ihn.
»Du, keine Ahnung, mal sehen.« Er weicht mir aus.
Mir graut vor Weihnachten, mir graut vor Silvester.

Noch eine Woche bis Weihnachten. Papa ruft an. Mama liegt im Krankenhaus. Oh Schreck. »Soll ich zu euch kommen? Brauchst du meine Hilfe?«
»Nein, nein, geht schon irgendwie.«

Mama im Krankenhaus. Ich mache mir Sorgen. Außerdem will ich doch sowieso nicht hier sein.
Papa ruft wieder an. Ob ich doch kommen kann. Na logisch. Auch mein Gatte hat Verständnis. Und Heiligabend bin ich sicher wieder hier.

Am Freitag, den 21. Dezember, stelle ich mein Auto auf dem Hof meines Elternhauses ab. Und am Samstag, den 22. Dezember, ist es eingeschneit. Es schneit und schneit und schneit und schneit. Ich bringe die Wohnung meiner Eltern auf Weihnachtsglanz und es macht mir Spaß. Wir holen Mama aus dem Krankenhaus. Und es schneit immer weiter. Der Hessische Rundfunk warnt vor unnötigen Autofahrten. Die Räumfahrzeuge kommen nicht mehr nach. Auf den Autobahnen lange Staus. Es schneit und schneit und schneit. Unmöglich für mich, die Heimreise nach Schleswig-Holstein anzutreten. Ich rufe meinen Gatten an. Im Norden kein Schnee, aber er hat es im Fernsehen gesehen. Hessen ist eingeschneit. Tief im Herzen danke ich dem Wettergott. Ich werde Weihnachten mit meinen Eltern verbringen.
Ralf ist mit Freunden nach Dänemark gefahren, in ein Ferienhaus. Das ist also für Singles die Art, Weihnachten zu verbringen, dem Gefühlsrummel zu entfliehen. Ob ich nächstes Jahr auch nach Dänemark fahre?

Heiligabend. Ich weine. Meine Gefühlswelt ist so total aus den Fugen geraten. Ich kann nicht genau erklären, was mich am meisten bedrückt. Ich weine und weine, und es tut gut. Ich bin froh, bei meinen Eltern zu sein. Sie lassen mich weinen.
Zu Hause, in Schleswig-Holstein, sitzen mein Mann und unsere Kinder und vermissen mich. Aber sie wissen nicht, dass ich weine. Sie wissen nicht, dass ich sie verlassen will. Ich fühle mich

unbeschreiblich schrecklich. Ich weine. Es ist Weihnachten, das Fest der Liebe.

Am 26. Dezember sind die Straßen so weit geräumt, dass ein Fahren wieder möglich ist. Also ab nach Hause in den Norden. Mein Mann und meine Kinder haben Geschenke für mich unter den Weihnachtsbaum gelegt. Ich habe keine Geschenke. Tut mir leid. Es tut mir wirklich leid. Ich kann nicht fröhlich sein, es tut mir leid. Mein Herz ist so schwer und melancholisch, kann es kaum ertragen. Ich wünsche mir innigst, endlich aus diesem bösen Traum aufzuwachen. Mein Gatte macht mir Vorwürfe. Eiskalt sei die Atmosphäre bei uns, wie in einem Kühlschrank. Und ich sei schuld daran. Meine schlechte Laune sei kaum noch zu ertragen. Es ist keine schlechte Laune, lieber Gatte, es ist tiefe Traurigkeit, Hilflosigkeit, Verzweiflung. Und ja, mir ist auch kalt, ich friere.

Silvester 2001.
Niemand hat uns eingeladen. Auch wir haben niemanden eingeladen. Mein Sohn drückt mir ein Video in die Hand. »Das könnt ihr euch doch heute Abend mal anschauen, Papa und du.« Niedlich. Ein kleiner Versuch, den Abend zu retten. Aber der Abend ist nicht mehr zu retten, weil ich nicht mehr zu retten bin. Ich drehe durch, sozusagen. Frauke und Wolfgang feiern im Lindenhof, Dieter und Brigitte treffen sich mit noch zwei anderen Paaren zum Bleigießen, Susanne und Kai feiern mit der Familie in Reinfeld. Mein Gatte und ich werden allein schweigend vor dem Fernseher sitzen?
Was nun kommt, das glaubst du nicht. Ich habe mich so erbärmlich verhalten! In der Nacht der Nächte habe ich meinen Mann verlassen. Den Mann, der mich jahrelang auf Händen getragen

hat, mit dem ich viele schöne Silvester verbracht habe, der mein Prinz war. Ich habe ihn einfach verlassen, mich ins Auto gesetzt und bin nach Kiel gefahren. Kannst du dir das vorstellen? So gemein kann ich sein? Ich schäme mich. Ich werde mich ein Leben lang dafür schämen, dass ich meinen Gatten so jämmerlich im Stich gelassen habe, an Silvester, der Nacht der Nächte. Wie viele Herzen sind in dieser Nacht zerbrochen, wie viele Tränen wurden geweint?

Frohes neues Jahr.

Wir reden miteinander und doch aneinander vorbei. Er ist verletzt, das ist verständlich. Mein schlechtes Gewissen macht mich auch nicht mutiger. Ich bin ihm rhetorisch nicht gewachsen. Er kann besser reden, aber nicht zuhören.
Ich bitte um Gemeinsamkeiten. Er fragt mich, ob ich mit ihm zum Einkaufen fahre. Ich lehne ab. Sofort macht er mir den Vorwurf, dies sei von mir eine Verweigerung der Gemeinsamkeit. Er bemühe sich nun und ich sei nicht bereit für Gemeinsamkeit.
Warum verstehst du mich denn nicht?
Ich sage ihm, dass mir die Hausarbeit keine Freude mehr bereitet. Er antwortet, das sei ihm schon aufgefallen. Und zum Beweis seiner Liebe zu mir habe er auch nicht gemeckert, als kürzlich ein Topf tagelang unabgewaschen am Herd stand. Selbst ungebügelte Hemden habe er nicht bemängelt, sondern sich stattdessen, um mich zu entlasten, einfach neue gekauft. Sehe ich daran denn nicht, wie sehr er sich bemüht und wie verständnisvoll er ist? Ich bin sprachlos. Warum hast du denn den Topf nicht abgewaschen? Warum hast du dir nicht mal ein Hemd gebügelt? Ich denke es nur, bin unfähig, diese Gedanken auszusprechen.

Nun suche ich intensiv nach einer Wohnung für mich. Heimlich besichtige ich etliche Objekte. Das Richtige zu finden ist nicht einfach. Sie muss bezahlbar sein und trotzdem schön. Wir haben nun das neue Geld. Meine ersten Kontoauszüge in diesem Jahr haben mich reichlich erschreckt. Die Hälfte nur noch. Komisches Gefühl.

Abendessen mit Burkhard in Norderstedt. Wir unterhalten uns gut. Könnte der Beginn einer wunderbaren Freundschaft sein. Meine grünen Fingernägel gefallen ihm nicht. Und er ist Nichtraucher. Das stört mich aber reichlich wenig. Wir beschließen, wegen der geringen Entfernung öfter mal eine spontane Tour gemeinsam zu machen. Er arbeitet im Schichtdienst bei Lufthansa, kann also auch mal nachmittags los. Das klingt doch gut.

2. Februar 2002. Mein Gatte ist zu einer Konferenz mit seiner Firma auf Mallorca. Komische Konferenz, Mallorca. Unfassbar ist das Wetter heute, strahlender Sonnenschein und fast 20 Grad. Richtig warm. Moped-Wetter. Aber mein Motorrad hat kein Herz. Batterie ausgebaut, ohne mein Einverständnis. Hilflos stehe ich vor der Suzi, Anleitungsbuch in der Hand. Niemals schaffe ich das, ganz bestimmt nicht. Oder doch? Ich starte mal den ersten Versuch. Gebe aber viel zu schnell wieder auf. Eigentlich ist doch in meinem Leben immer ein Prinz da, der mir hilft. Heute nicht. Gefrustet fahre ich den Rechner hoch und schaue mal, wer von meinen Freunden so online ist. Bea ist da. Sie fragt mich auch gleich, ob bei mir auch so schönes Wetter ist. Sie will gleich Motorrad fahren.
»Ja, toll, würde ich auch gern. Aber mein Moped hat kein Herz. Batterie ist nicht drinnen.«
»Dann bau sie ein.«

»Ja, klasse, wie denn? Ich kann das nicht.«
»Warum kannst du das nicht? Du kannst das, wenn du es wirklich willst.«
Ich grübel.
»Los, versuch es noch mal. Du hast doch bestimmt eine Anleitung, oder?«
»Ja, hab ich.«
»Dann los. Du kannst das. Und dann meldest du dich gleich, wenn es geklappt hat.«
Okay, also wieder raus zum Carport. Mein Sohn steht jetzt da und grinst. »Würdest gern fahren, was?«
Ja, und das werde ich auch gleich tun. Hatte nur einen doofen Fehler gemacht. Die Seitenteile müssen komplett abgebaut werden, damit die Batterie passt. Mein Sohn schraubt sie ab, ich setze die Batterie ein. Seitenteile wieder dran und es kann losgehen. Ich renne ins Haus, Lederkombi an und schnell eine SMS an Bea. Erfolgsmeldung mitteilen. Sofort wieder raus, mein Motorrad wartet. Mein Sohn sitzt auf der Maschine und schaut recht traurig aus.
»Sie springt nicht an, Mama.«
Doch, tut sie. Du musst schon den Choke ziehen nach so langer Zeit. Ich steige auf die Maschine, starte und fahre los. Es ist ein wunderschöner Tag, der 2. Februar 2002. Ich bin seit langem mal wieder glücklich und zufrieden.
Abends rufe ich Ralf an, um ihm von meinem Tag zu berichten. Stolz erzähle ich die Batterie-Geschichte.
»Na siehste, geht doch.« Er freut sich mit mir. »Und weißt du, was? Wer Batterien in Motorräder einbauen kann, der kann auch noch viel mehr.«

Am 3. Februar kommt mein Gatte nach Hause. Noch immer strahlender Sommer mitten im Winter. Erstaunt stellt er fest, dass ich Motorrad gefahren bin. »Wer hat dir denn die Batterie eingebaut?«, will er wissen.
»Ich!«
Nun versucht er, auch seine BMW startklar zu machen. Doch, Tücken der Technik, das gelingt leider nicht. Jedes Mal, wenn er versucht, die Batterie anzuschließen, geht die Alarmanlage los. Das ist sicher die Strafe dafür, wenn man aus fremden Mopeds die Batterien ausbaut. Ich fahre wieder eine feine Tour. Er muss leider verzichten. Die BMW wird morgen abgeholt und repariert.

März 2001
Eine Anzeige im Hamburger Abendblatt, die mein Interesse weckt: Zwei-Zimmer-Wohnung auf Resthof. Das klingt doch gut. Resthof! Und nur zwei Dörfer weiter. Preis? Na ja, in DM wäre das in Ordnung, aber in Euro ziemlich teuro. Aber vielleicht kann man ja verhandeln. Ich rufe an und vereinbare einen Besichtigungstermin. Aufgeregt fahre ich los und habe das Gefühl, heute meine neue Wohnung zu finden. Die Lage ist traumhaft. Auf der Rückseite eines großen Resthofes, mit Blick auf Wiesen und Felder. Die Wohnung ist noch nicht ganz fertiggestellt. Aber das, was ich sehe, gefällt mir sehr gut. Ich frage mal vorsichtig, ob man am Preis noch feilschen kann.
»Nö«, grinst der Vermieter verschmitzt. Er wirkt sehr sympatisch.
»Wann wäre die Wohnung denn bezugsfertig?«
»Anfang April.«
»Okay, die Wohnung gefällt mir. Also, wenn Sie mich wollen, ich will.«
Er lacht. Na ja, so war das nun nicht gemeint. Aber er sagt mir die Wohnung zu. An der Straße steht ein großes Schild »Wohnung zu

vermieten«. Das wird er doch hoffentlich bald abnehmen. Denn diese Wohnung möchte ich haben. Hier möchte ich mein neues Nest bauen. Klein und kuschelig.
Ich teile Ralf per SMS schon mal meine neue Anschrift mit.

Das erste Stammtischtreffen der Nordbiker findet nun tatsächlich statt. In der Nähe von Barmstedt. Bin noch nie in der Ecke gewesen, aber das finde ich schon. Die Frage, mit Auto oder Motorrad. Es ist mächtig kalt draußen. Die Sonne täuscht. Auch schneit es ab und an noch etwas. Ich verabrede mit Dierk aus Eutin einen Treffpunkt, von wo aus wir gemeinsam fahren wollen. Und wir entscheiden morgen früh ganz kurzfristig, ob Moped oder Auto. Eigentlich kannst du als Biker ja nicht mit der Blechdose zum Bikertreffen fahren, oder?

Sonntag. Die Straßen sind schneefrei und die Sonne scheint. Wir fahren mit den Mopeds. Mein Gatte findet das gar nicht witzig.
»Du bist doch verrückt«, schimpft er, »es ist kalt. Die Reifen greifen bei den Temperaturen gar nicht richtig. Und du bist absoluter Neuling, Fahranfänger.«
Er hat sicher Recht, aber ich kann auch ein Dickkopf sein. Will doch nicht als Weichei gelten. Hey, es ist das erste Treffen. Und für den ersten Eindruck gibt es keine zweite Chance.

Auf dem Weg zum Treffpunkt rutscht mir unter einer Brücke der Hinterreifen weg. Oha, es scheint glatt zu sein. Gute Güte, was mache ich auch wieder für unvernünftige Sachen. Dierk wartet schon. Er hat noch ein weiteres Pärchen mitgebracht, das allerdings mit dem Auto fährt. Auch Dierks Freundin zieht das warme Auto vor. Tja, mir ist eigentlich auch reichlich kalt. Aber da muss ich nun durch.

Die Bundesstraße führt ein ganzes Stück durch einen Wald. Dort liegt doch tatsächlich Schnee auf der Straße, richtig Schnee. Ich hefte meinen Blick eisern auf das Nummernschild von Dierks Maschine. Einfach nicht nachdenken, einfach hinterherfahren. Wenn Dierk ankommt, komme ich auch an. Wird schon gut gehen. Von 27 Bikern sind doch dann immerhin sieben mit dem Motorrad gekommen. Sieben! Obwohl verrückt, bin ich doch ein wenig stolz darauf, es gewagt zu haben. Nun sehe ich Ingo persönlich. Durch den intensiven Kontakt im Internet habe ich den Eindruck, ihn schon ewig zu kennen. Auch die anderen Biker und Bikerinnen sind nette Menschen. Nur einer fehlt, auf den warte ich heute vergebens. Dieser niedliche Harleyfahrer, der mir so ein nettes Kompliment gemacht hat. Ich hatte gehofft, ihn hier auch zu sehen.

Auf dem Heimweg beschließe ich, mir schleunigst ein Paar dicke Winterhandschuhe zu kaufen. So durchgefrorene Hände. Die Schmerzen sind kaum zu ertragen. Auch die Beine frieren schrecklich. Eine lange Unterhose wäre gut. Nur nicht jammern jetzt. Mein Gatte soll nicht sagen: Siehst du, ich hab es ja gleich gesagt.

Nun habe ich also bald eine eigene Wohnung. Wir haben schon einige Male über meine Trennungsabsichten gesprochen, aber irgendwie scheint mein Gatte das nicht wirklich ernst zu nehmen. Es ist wie ein Augenverschließen vor Offensichtlichkeiten. Komisch ist das. Aber komisch ist sowieso das gesamte Verhalten von Männlein und Weiblein während der Trennungsphase. Bin wirklich ich es, die zuerst bemerkt hat, dass wir uns »entliebt« haben? Oder hat er es auch schon lange bemerkt, wollte es nur nicht wahrhaben, weil Männer nicht gern aufgeben, was sie besitzen?

Warum ist Trennung so schwierig? Warum ist dagegen Zusammenziehen so einfach?
Nimm folgendes Beispiel:

Nach einer wunderschönen gemeinsamen Nacht sitzen sie und er am Frühstückstisch.
Er (könnte auch sie sein): »Warum ziehen wir nicht endlich zusammen? Wir würden jede Menge Geld sparen, so von wegen zwei Mieten. Und außerdem sind wir so gern zusammen. Wir schlafen so gern miteinander ein und wachen gern miteinander auf.«
Sie: »Ja, du hast Recht, wir sollten zusammenziehen und gemeinsam leben.«
So einfach ist das.

Und andersrum?

Nach einer einsamen Nacht in verschiedenen Zimmern der gemeinsamen Wohnung sitzen sie und er am Frühstückstisch.
Sie (könnte auch er sein): »Warum trennen wir uns nicht? Wird zwar wieder teurer für jeden von uns, so von wegen der Miete. Aber wir können jeder aufatmen und tun, was wir wollen. Wir sind doch sowieso kaum noch zusammen und haben verschiedene Interessen. Was meinst du?«
Er: »Ja, du hast Recht. Wir sollten uns trennen. Unsere schöne Zeit ist vorbei und wir sollten neuen schönen Zeiten entgegensehen können.«
Warum geht das nicht? Warum kann Mensch nicht verstehen, dass nicht alles endgültig ist, dass Dinge sich ändern, dass Liebe vorbeigehen kann? Warum kann Mensch das nicht verstehen und akzeptieren?

Bis dass der Tod euch scheide! Hey, dieser Spruch stammt aus einer Zeit, als der Tod noch viel früher kam. Und als Menschen mit 40 Jahren uralt waren. Heute aber, heute werden Menschen sehr viel älter. Und Menschen mit 40 Jahren, das sag ich dir, die sind alles andere als uralt!

Ich nehme die Poster von den Wänden in meinem Büro ab und rolle sie sorgfältig ein. Es sind Motivationsposter mit netten Sprüchen, wie z.B. »Das Geheimnis des Könnens liegt im Wollen«. Mein Gatte kommt herein und fragt, ob ich möchte, dass mein Büro neu gestrichen wird. Traurig schaue ich ihn an. Er ignoriert einfach alle noch so offensichtlichen Anzeichen.

»Nein, ich werde hier ausziehen. Definitiv.«

Er steht wie gelähmt schweigsam vor mir.

»Es muss ja nicht endgültig sein«, sage ich. Mir wird gleich schlecht. »Aber wir müssen uns trennen, hier kommen wir nicht mehr zueinander. Vielleicht merken wir bei einer Trennung, wo unsere Fehler liegen, und können eines Tages vielleicht vernünftig miteinander reden. Vielleicht nähern wir uns wieder an, das wäre schön.«

Er sagt kein Wort, dreht sich um und verlässt mein Büro. Ich warte einen Moment und folge ihm dann. In sein Büro. Dort sitzt er und weint. Er weint! Noch nie habe ich meinen Mann weinen sehen. Selbst als sein Vater starb, hat er nicht geweint. Mein Herz quillt über und ich ersticke fast an den aufsteigenden Tränen. Oh Gott, er zeigt Gefühl. Das haut mich fast um, damit hatte ich nicht gerechnet. Mit Wut, ja, aber nicht mit Trauer. Ich gehe zu ihm, umarme ihn. »Du weinst. Es tut gut, dass du weinst. Ich wusste nicht, dass du weinen kannst.«

»Ja«, antwortet er, »es ist schließlich das zweite Mal, dass ich von einer Frau verlassen werde.«

Autsch. Das war die falsche Antwort! Meine gerade hochsteigenden warmen Gefühle werden jäh im Keim erstickt. Er weint nicht meinetwegen, sondern weil er verlassen wird. Ganz klar falsche Antwort, werter Gatte.

Sonntag, die Kinder sind zu Hause. Ich sitze mit ihnen am Kaffeetisch und beginne vorsichtig über unser Problem zu reden.
»Ist schon okay, Mama, kannst offen reden. Wir merken doch, was hier Sache ist.«
Da sie sowieso nicht mehr zu Hause wohnen, wird sich für die Kinder nicht viel ändern. Sicher sind sie traurig darüber, dass Papa und ich uns trennen.
»Vielleicht finden wir ja wieder zusammen. Ich weiß es nicht. Auf jeden Fall behält Papa das Haus und ihr seid hier immer willkommen. Und auch meine Tür wird immer offen für euch sein.«
Sie hatten schon damit gerechnet, sagen sie. Es sei nur noch eine Frage der Zeit gewesen. Und sie können nicht verstehen, warum Papa immer nur im Büro sitzt, statt mal etwas mit mir zu unternehmen. So alt seien wir schließlich noch nicht.

Ist schon komisch, von einem riesigen Haus in eine kleine Wohnung zu ziehen. Nun gut, die Plüschtiere muss ich wirklich nicht alle mitnehmen. Von den meisten werde ich mich trennen. Aber meine vielen Spieluhren. Nein, von den Spieluhren kann ich mich nicht trennen. Die machen mich glücklich, die bringen mir Spaß. Jede Spieluhr kommt mit.
Geschirr, wir haben so unendlich viel Geschirr. Viel Teures dabei. Das brauche ich nicht. Ich nehme nur das Wichtigste mit. Den Rest kann mein Gatte behalten, verkaufen, verschenken, egal. Schade, ich kann die Sauna nicht mitnehmen. War mal ein Wett-

bewerbspreis bei Tupperware und ich habe wirklich hart gearbeitet dafür. Jetzt steht sie in unserem Keller. In eine öffentliche Sauna würde ich ja niemals gehen, niemals nicht. Nackt vor wildfremden Menschen, unmöglich. Schade, keine Sauna mehr. Auch das Solarium muss hierbleiben, kein Platz in der kleinen Wohnung. Wichtig sind mir der alte Bauernschrank und die alte Nähmaschine von meiner Patentante. Erbstücke, die immer ihren Platz in meinem Leben behalten werden.

Noch ist der Mietvertrag nicht unterschrieben. Noch ist ja auch die Wohnung nicht fertig. Mein Gatte und ich schreiben uns E-Mails, lange Briefe von Büro zu Büro. Reden können wir kaum miteinander. Er ist verletzt und lässt mich das sehr spüren. Er reagiert momentan recht engstirnig, ist nicht bereit, meine Argumente überhaupt anzuhören. Ich fühle mich wie in einer Zwischenwelt. Einer eiskalten Zwischenwelt. Wie war noch der Vergleich mit dem Kühlschrank? Frostig und kalt ist es hier. Still und leise sortiere ich meine wichtigen Sachen aus den Schränken, wenn er nicht zu Hause ist. Eine kleine Einbauküche befindet sich in der neuen Wohnung, das ist gut. Aber ein Schlafzimmer werde ich mir kaufen müssen. Und eine Waschmaschine. Im Keller steht noch der alte Küchentisch, den könnte ich mitnehmen. Mein Gatte sagt, den Fernseher darf ich auch haben, er wolle sich sowieso einen besseren kaufen. Ist mir nicht so wichtig, der Fernseher. Wichtiger sind Radio und Internet.

Kleine Warenlieferung nach Lübeck. Das könnte ich mit dem Motorrad machen. Aber vorher zu meinem Suzukihändler, Winterhandschuhe kaufen. Elli findet schnell ein paar Handschuhe der Größe XS, die müssten mir passen. Fühlen sich kuschelig an. Also gleich anziehen und los geht’s. Auf dem Weg nach Lübeck

kämpfe ich mit Kupplung und Handbremse. Die Handschuhe behindern mich, engen mich ein. So ein Mist. Zu klein?
Zurück bei Elli im Laden, ich will die Handschuhe umtauschen. Elli ist erstaunt. Größe S eindeutig zu groß, XS zu klein. Wie geht das? Dann nimmt Elli meine Hand und lächelt mich freundlichst an: »Sag mal, kann es sein, dass du für solche gefütterten Handschuhe einfach zu lange Fingernägel hast?« Ups, sie hat Recht. Die Fingernägel müssen ab, zumindest in der kalten Handschuhzeit. Man muss Prioritäten setzen. Und nun bin ich ja Bikerin, keine feine Lady mehr. Und siehe da, mit kurzen Fingernägeln passen die Handschuhe perfekt.

Erneuter Besuch in meiner zukünftigen Wohnung. Der Vermieter ist leider noch nicht sehr viel weiter gekommen. Wird wohl eher Mai, bis ich einziehen kann. Ärgerlich. Noch weiter in der Zwischenwelt herumschleichen. Der Vermieter fragt mich, ob ich die Fliesen im Bad lieber blau oder schwarz haben möchte. Und ich antworte so absolut typisch für mich:
»Ach, das ist eigentlich nicht so wichtig, das ist egal.« In Wirklichkeit hoffe ich ganz inständig auf Blau. Schwarze Fliesen stelle ich mir gruselig vor. Bitte lieber blau. Irgendwann werde ich lernen müssen, meine Wünsche offen auszusprechen. Irgendwann.

Das Schlafzimmer ist so weit schon fertig. Hier könnte ich schon Sachen aufbauen. Die muss ich aber erst einmal kaufen. Eine wirkliche Herausforderung für mich unselbstständige Person. Im Möbelhaus stelle ich fest, ich hätte mal besser vorher das Zimmer ausmessen sollen. Also zurück in die Wohnung, bewaffnet mit Zollstock und Papier. Messen, alles fein aufschreiben, wieder ins Möbelhaus. Helles Holz möchte ich haben. Und praktisch muss

es auch sein, so von wegen möglichst viel Stauraum auf kleinstem Platz. Ich weiß wirklich nicht, wo ich alle meine persönlichen Dinge unterbringen soll. Nächste Woche sind Schrank, Bett und Regale da, dann kann ich sie abholen. Nächste Herausforderung. Wie? Ich streue in meinem Bekanntenkreis mal vorsichtig einen Hilferuf aus: Kennt ihr jemanden, der einen Anhänger oder einen Lieferwagen hat?
Günter würde mir sofort einen Lieferwagen leihen, und Ulli hat einen Anhänger und an ihrem PKW auch eine Anhängerkupplung. Prächtig. Ich entscheide mich für Ulli. Den Lieferwagen von Günter benötige ich sicher zum Umzug. Nur niemanden überfordern.

Mein Gatte wird umgänglicher. Er bietet mir sogar seine Hilfe für den Umzug an. Und er grübelt, wie wir den Umzug bewältigen können, ohne dass allzu viele unnötige Kosten auf uns zukommen. Ich erzähle ihm von Günter und von Ulli, die ihre Hilfe angeboten haben.
»Das geht nicht. Du kannst doch nicht einfach Hilfe von fremden Menschen annehmen.«
»Das sind keine fremden Menschen. Das sind Freunde von mir. Und Freunde helfen gern. Sogar, ohne eine Gegenleistung zu erwarten.«
Mein Gatte ist nicht der Typ, der von anderen Menschen Hilfe annimmt. Dazu ist er zu stolz. Es wäre so einfach, mal einen Nachbarn zu fragen, ob er hilft, die neue Waschmaschine in den Keller zu tragen. Aber mein Gatte quält sich lieber alleine ab, als einmal »danke schön« zu sagen. Ich dagegen bin keineswegs zu stolz, Hilfe anzunehmen und auch darum zu bitten. Ich denke auch nicht sofort darüber nach, wie ich das wiedergutmachen kann. Irgendwann kommt schon der Moment, wo auch meine

Hilfe mal gefordert wird. Und dann bin ich gern für meine Freunde da. Du kennst sicher den Spruch: »Freunde sind wie Sterne, man sieht sie nicht immer, aber sie sind immer da.«

Zwischendurch etliche Motorradtouren. Zum Beispiel fahre ich mit Thorsten aus Hamburg zum Zollenspieker. Das ist ein großer, bekannter Bikertreffpunkt. Aufgeregt bin ich ohne Ende. Dort blitzen Maschinen aller Art und Größe, werden Benzingespräche geführt und Kaffee getrunken. Ob die wohl alle merken, dass ich Fahranfänger bin? Aber ich fühle mich unheimlich toll. Es ist eine schöne Gelegenheit, die kalte Zwischenwelt für kurze Zeit zu verlassen. Auch mit Burkhard bin ich schon kleine Touren durch unser Land gefahren. Im Gegensatz zu Thorsten fährt Burkhard eher beschaulich, gemütlich über die Dörfer.

Am 31. März findet die erste gemeinsame Tour unseres neu gegründeten Stammtisch-Nord statt, nach Husum, zur Krokusblüte und Motorradmesse. Meine erste große Tour überhaupt. Von allen Seiten kommen die Biker angefahren. Der erste Sammelpunkt in Bad Bramstedt. Pünktlich fahre ich vor, aufgeregt und gespannt, was alles auf mich zukommen wird. Die anderen sind alles sichere Fahrer, nur ich bin Anfängerin. Dann sehe ich Ingo, meinen großen Freund. Er begrüßt mich Zwerg lachend mit den Worten: »Na, meine Große, alles klar?«
Jo, alles klar. »Meine Große« sagt er noch heute zu mir.
Und dann sehe ich ihn, den Harleyfahrer. Ganz cool sitzt er auf seiner Harley, lächelt mich schelmisch aus zauberhaft blauen Augen an. Boah, diese Augen, dieses Lächeln. Aber keine Zeit zum Schwärmen, die Tour soll nun losgehen.

Das Gruppenfahren erfordert große Aufmerksamkeit. Hinzu kommt, dass ich in den Kurven noch übervorsichtig bin. Ich möchte die Gruppe nicht bremsen und bemühe mich, das Tempo zu halten.
Husum ist bevölkert von Bikern. Ein unsagbar überwältigendes Bild. Und ich mittendrin. Gänsehaut! Mein Herz klopft wie wild und ich habe Sorge, »meine« Biker zu verlieren. Die Motorradmesse selbst finde ich absolut uninteressant, aber das Drumherum ist einfach faszinierend.
Faszinierend ist übrigens auch, ich habe wieder Chancen in der Männerwelt. Na guck. Heute flirten Burkhard und ein Frank aus Lübeck mit mir. Leider nicht der niedliche Harleyfahrer. Ich verliere ihn aus den Augen, schade. Nicht, dass ich auf der Suche wäre. Hey, ich habe doch Ralf aus Kiel. Aber diese blauen Augen, dieses Lächeln …

Abends bin ich sehr stolz auf mich, weil mir gesagt wurde, dass ich wirklich toll gefahren bin. Nein, ich war keine Behinderung für die Gruppe. Toll, ich freue mich. Und träume von vielen Krokussen, Motorrädern und Motorradfahrern.

Anfang April. Wir holen die Möbel ab und bringen sie in meine neue Wohnung. Das Badezimmer ist nun fertig. Die Fliesen? Schwarz natürlich, wie auch anders. Ob ich diese Lektion jemals lernen werde? Das nächste Mal werde ich ganz laut sagen, was ich wirklich möchte. Bestimmt. Ich nehme es mir fest vor für die Zukunft. Nun gut, schwarz-weiße Fliesen. Mit ein paar Grünpflanzen und einem kuschelig weißen Badezimmerteppich werde ich das schon auflockern können.

Harte Arbeit, die Kartons alle in die Wohnung zu schleppen. Burkhard hat sich bereit erklärt, beim Aufbau der Möbel zu helfen. Alles Einzelteile. Und Burkhard heißt von heute an Burki für mich. Er und mein Gatte wollen morgen mit dem Aufbau beginnen. Mein Gatte mag den Burki nicht so unbedingt. Burki ist schwerhörig, trägt in beiden Ohren ein Hörgerät. Mein Gatte kann damit wohl nicht so gut umgehen. Dabei ist das albern, denn Burkhard hört sehr gut mit den Geräten. Ich unterhalte mich gern mit ihm. Mein Gatte aber zieht es vor, es einfach gar nicht erst zu versuchen. Darüber zeigt Burki sich enttäuscht. Ich nehme meinen Gatten in Schutz und behaupte, es könne eine Art Unbeholfenheit gegenüber seinem Handicap sein. Nicht böse sein, Burki, er meint es sicher nicht so.

Gespräche mit meinem Gatten finden jetzt auf einer ruhigen Ebene statt. Wir möchten beide gern unserer langjährigen Beziehung eine Chance geben. Wir könnten gemeinsam essen gehen oder ins Kino oder ins Theater oder einfach nur Motorrad fahren. Könnten wir. Aber ich stelle eine Bedingung. Wenn er mit mir zusammen sein möchte, muss er sich Zeit nehmen und tatsächlich sein Büro mal verlassen. Nicht zwischen Tür und Angel, nicht mit dem Handy am Ohr.
Ob das klappt? Wohl eher kaum. Trotzdem lassen Erinnerungen an bessere Tage mich schwermütig werden. Wir waren in »Phantom der Oper«, ich habe geweint vor Rührung und Freude. Er hatte mir die Karten zu Weihnachten geschenkt. Es war das wunderschönste Weihnachtsgeschenk überhaupt. Die Karten waren versteckt in einem Geigenkasten, in dem sich allerdings auch noch eine wunderschöne Geige befand. Herrlich! Wir hätten viel mehr miteinander unternehmen müssen. Haben wir aber nicht.

Nun nimmt alles Formen an. Täglich bringe ich Kartons in die neue Wohnung, räume Bettwäsche und Handtücher in den neuen Schrank. Alles riecht wunderschön nach Holz. Richtig hübsch ist das geworden. Meine Sommergarderobe versuche ich unterzubringen. Gute Güte, wo habe ich nur all diese vielen Kleider, Röcke, Blusen und T-Shirts her? Gut die Hälfte könnte entsorgt werden, ziehe ich doch sowieso niemals mehr an. Ich bemerke schnell, dass mein Schrank viel zu klein ist. Oder aber ich viel zu viel Kleidung besitze. Im Haus hatte ich zwei große Kleiderschränke nur für mich. Und dann die Schuhe. Besitze ich tatsächlich fünf Schuhschränke voller Schuhe? Wohin damit? In der kleinen Wohnung kann gerade mal ein Schuhschrank gestellt werden. Was will ich mit all diesen vielen Schuhen? Und Handtaschen. Ich besitze mindestens 15 Handtaschen, von denen aber nicht eine einzige benutzt wird. Die einzige Handtasche, die ich ständig bei mir trage, ist ein Rucksack in Form eines Plüschhundes. Er heißt Bruno.
Ebay, ganz klar, ich werde die Sachen bei Ebay anbieten. Kein Mensch braucht so viele Schuhe und Handtaschen.

Ralf und ich besuchen den botanischen Garten in Kiel. Tolle Idee. Welch eine Zauberwelt. Es gibt lebende Steine. Und Seerosenblätter, die so groß und stark sind, dass ein Mensch (na ja, ein kleiner, so wie ich) auf ihnen sitzen kann, ohne unterzugehen. Die Natur ist etwas Gewaltiges, etwas außergewöhnlich Perfektes. Findest du nicht? Kann mich gar nicht sattsehen an all den wunderbaren Dingen. Ich genieße es, ganz zart und sanft über die vielfältigen Blätter zu streichen, sie zu spüren und als Gefühl in mich aufzunehmen. Von den faszinierenden Seerosenblättern liegt eines am Rand. Ralf fotografiert es von allen Seiten. Ich würde es am liebsten mitnehmen.

Das Außengelände ist noch nicht so weit. Es ist noch zu früh für unsere einheimischen Blumen und Pflanzen. Wir werden also noch einmal herkommen müssen. Ich freue mich darauf. Die gemeinsamen Stunden mit Ralf bedeuten mir sehr viel. Er ist so vielseitig interessiert, das begeistert mich. Welcher Mann geht schon mitten in der Woche mal in den botanischen Garten?
Er sagt, für ihn sei es auch etwas Besonderes, mit mir zusammen zu sein. Er lerne von mir, auch die Kleinigkeiten zu registrieren. Kleinigkeiten? Für mich sind die ganz schön groß. Zum Beispiel das Eichhörnchen im Außengelände. Wir verharren still und beobachten es eine Weile. Eichhörnchen finde ich wunderschön. Zu gern würde ich es in meinen Armen halten und streicheln. Eichhörnchen heißen alle Alwin und Alwine, habe ich beschlossen.

Bei Tupperware steht nun eine harte Zeit an. Etliche Messetermine, Infostände und jede Menge Vorführungen. Ist aber gar nicht schlecht. So vergeht die Wartezeit bis zu meinem Umzug etwas schneller. Als Wettbewerbspreis lockt ein Apothekerschrank. Der würde genial in meine neue Küche passen. Also fleißig getuppert und auf den benötigten Umsatz hingearbeitet. Außerdem benötige ich derzeit jeden Pfennig. Ups, Entschuldigung, Pfennige heißen jetzt Cent. Daran werde ich mich sowieso nie gewöhnen, niemals. Aber wie gesagt, das Geld brauche ich. Muss mir eine Waschmaschine kaufen. Und sicher kommen noch viele andere Dinge finanzieller Art auf mich zu, die ich jetzt noch nicht abschätzen kann. Panik habe ich aber keineswegs. Ich kann gut sparsam sein. Das konnte ich schon immer.

Beim Einpacken meiner Sachen bemühe ich mich, eine gewisse Ordnung zu halten oder auch erst herzustellen. Wir haben viele Dinge doppelt, z.B. Kaffeemaschine, Toaster, Besteck, Porzellan.

Das liegt daran, dass ich solche Sachen oft bei Tupperware als Wettbewerbspreise bekommen habe. Ich packe so, dass die Schränke für meinen Gatten ordentlich und gut gefüllt zurückbleiben, packe so, dass ich in der neuen Wohnung alles sortiert auspacken kann. Und ich bemühe mich, die Gemütlichkeit des Hauses nicht rücksichtslos zu zerstören. Lasse bewusst Dekos hängen, verzichte auf etliche Schmuckstücke, um meinem Gatten eine angenehme Atmosphäre zu hinterlassen. Doch da habe ich die Rechnung ohne ihn gemacht. Plötzlich scheint er es sehr eilig zu haben, mich loszuwerden. Er beginnt nun seinerseits, Kartons mit Dingen zu bepacken, die ich mitnehmen soll. Und er hängt Dekos ab und bringt sie in den Keller. Für meine Begriffe entsteht ein absolutes Chaos. Ruhig bleiben, jetzt nur ruhig bleiben. Nur noch wenige Tage, dann ist alles überstanden.

Tja, und dann ist es so weit. Am 1. Mai wird umgezogen. Günter überlässt uns nicht nur einen kleinen Lieferwagen, sondern einen richtigen LKW. Sascha, der Sohn meiner Freundin Anke, hilft den ganzen Tag. Möbel werden aufgestellt und zusammengeschraubt, Kisten geschleppt und in der Wohnung verteilt. Auch mein Gatte hilft, wie versprochen. Wir schrauben Lampen an, hängen schon ein paar Bilder auf. Dann koche ich den ersten Kaffee in meiner neuen Wohnung. Ist ein komisches Gefühl. Nachdem die Kaffeetassen in der Spülmaschine verschwunden sind, sagt mein Gatte: »So, genug geschafft für heute. Lass uns nach Hause fahren.« Ich stehe vor ihm, und mir wird so flau im Magen.
»Du, ich wohne doch jetzt hier. Ich bin schon zu Hause.«
»Oh, heute schon?«
Ich nicke. Er umarmt mich hilflos zum Abschied. Ich habe einen dicken Kloß im Hals und wehre mich verzweifelt gegen die aufsteigenden Tränen.

»Ich ruf dich dann morgen über Handy an«, verspricht er noch. Einen Telefonanschluss und Internet habe ich hier noch nicht. Mein großer Prinz verlässt die Wohnung der kleinen Prinzessin. Und dann bin ich allein.

Du wirst in ein tiefes Loch fallen, in ein tiefes seelisches Loch. Das haben mir pessimistische Bekannte prophezeit. Bis heute habe ich dieses tiefe Loch nicht gefunden, bis heute bin ich nirgends reingefallen. Außer vielleicht in viele neue Erkenntnisse und Erfahrungen, die mir aber allesamt nicht geschadet haben.

Die ersten Tage in der neuen Wohnung kann ich gar nicht genießen. Messe in Lübeck, und ich bin dort jeden Tag eingesetzt. Von 10.00 Uhr bis 18.00 Uhr Messe, dann ab nach Hause, Kartons auspacken. Ist eine harte Zeit. Ich falle jeden Abend todmüde ins Bett. Keine Zeit zum Nachdenken, keine Zeit zum Grübeln.
Am letzten Messetag fahre ich von Lübeck Richtung Wohnung. Hunger! Was koche ich denn gleich Leckeres für mich? Oder sollte ich mal …? Ja, das ist eine tolle Idee. Ich werde zum ersten Mal allein zu McDonald's fahren, alleine und ganz freiwillig, nicht von Kindern dazu genötigt. Ich muss innerlich grinsen. Das Grinsen vergeht mir jedoch am Verkaufstresen angesichts der unübersichtlichen Auswahl an verschiedenen Menüzusammenstellungen. Auswahlmöglichkeiten ohne Ende. Was ich denn möchte, fragt das nette Mädel. Tja, irgend so einen Burger eben, und Pommes, und eine Cola light. Bekomme ich nun so einen Snoopy dazu? Nein, bekomme ich nicht. Schade.
Ich sitze allein am Tisch, ohne Termindruck, niemand wartet auf mich. Irgendwie habe ich das Gefühl, jeder Mensch hier im Raum müsste mir ansehen, dass ich gerade zum ersten Mal allein einen Hamburger bestellt habe.

Am 6. Mai kommt Burki zu Besuch. Er will mir helfen, Regale anzubauen. Aber die hängen schon. Er ist erstaunt.
»Toll, hast du das allein gemacht?«
»Jepp, und sogar ohne dieses Metermaß mit der Luftblase drin.«
»Ohne was?«
»Na, du weißt schon, dieses Holzteil mit der Blase in der Mitte.«
»Wasserwaage.«
Ja, so heißt das. Ich kann doch nicht alles wissen, bin doch kein Handwerker.
»Und wie hast du das ohne Wasserwaage gemacht?«
»Ganz einfach. Hab 'ne Glasmurmel genommen, oben auf das Brett gelegt, hin- und hergewackelt, bis die Glasmurmel liegen geblieben ist, dann war das Brett gerade. Aber Kasperkram war das schon.«
Burki lacht.

Am 7. Mai kommt Ralf zu Besuch. Es ist Dienstag, Dienstagnachmittag. Du weißt schon, schmunzel, da kann doch nichts passieren.
Er ist total verblüfft, hier in dieser kurzen Zeit trotz der vielen Messetermine eine so wohnliche Behausung vorzufinden. Ich freue mich über seine Begeisterung und bin ein Stückchen stolz. Na ja, ich muss noch Gardinen nähen, und einige Kartons sind noch nicht ausgeräumt. Aber im Großen und Ganzen sieht es schon prima aus. Am besten gefällt ihm die Badewanne. Er hat keine, nur eine Dusche.
»Toll«, sagt er, »lass uns baden.«
Wie, jetzt? Am Dienstagnachmittag? Ja, warum eigentlich nicht. Nirgends steht geschrieben, dass man am Dienstagnachmittag nicht baden darf.

Traumhaft nicht nur die kleine Wohnung, traumhaft auch die Terrasse. Meine Wohnung liegt im rückwärtigen Teil des Resthofes, von vorne nicht einzusehen. Kein Straßenlärm, keine Belästigungen. Wenn du mich besuchen möchtest, siehst du zuerst die große Weide mit den Schafen. Dann erst entdeckst du die Holzterrasse, die vor meiner Eingangstür zum Verweilen einlädt. Sieht nach Urlaub aus. So fühle ich mich momentan auch, wie im Urlaub. Der Frühling ist meine liebste Jahreszeit. Wenn alles wieder zum Leben erwacht, wenn es die vielfältigsten Grüns gibt, wenn die Blüten der Bäume leckeres Obst versprechen und die Schmetterlinge lautlos tanzen. Die richtige Zeit für einen Neuanfang. Der Flieder beginnt kräftig zu blühen, direkt neben meiner Wohnung. Die Kastanienbäume zeigen schon mal, dass sie ihre Blüten bald wieder gen Himmel strecken werden, immer wieder faszinierend. Mit enormer Kraft breiten sich die Wildkräuter aus (Unkraut gibt es nicht!). Alles wirkt stark und kräftig, alles erwacht zu neuem Leben. Ich auch.
Schon zur Frühstückszeit habe ich die Sonne zu Gast auf der Terrasse, und sie bleibt den ganzen Tag. Abends sehe ich sie untergehen. Auf der Terrasse sitzen, die Schafe beobachten, den Vögeln zuhören und einfach nur träumen, das ist wunderschön. Am unteren Ende des Grundstücks liegt ein kleiner Teich. Dort leben Wildenten. Ab und zu kommt ein Fischreiher zu Besuch. Ich nenne ihn »General«, weil er so majestätisch wirkt.
Mein Vermieter hat neben meiner Terrasse Mutterboden aufgefüllt. Dort lege ich mir einen kleinen Garten an. Schnittlauch ist wichtig, sehr wichtig. Für die hessische »Grüne Soße«. Und natürlich Petersilie, Zitronenmelisse, Estragon und Majoran. Erdbeeren, unbedingt Erdbeeren. Salat und Radieschen. Alles kreuz und quer. Nichts ist gerade in meinem kleinen Garten, alles kunterbunt durcheinander, rund und geschwungen. So wie

ich die Natur sehe, so wie ich das Leben mag, rund und geschwungen.
Anke hat mir ein Rosenbäumchen zum Einzug geschenkt. Die frechen Elstern versuchen, das noch am Stamm befindliche Namensschild zu klauen. Die machen mir Spaß, die Elstern. Ich befestige eine kleine silberne Glocke an einem Seil und binde dieses an einem Pfosten fest. Mal sehen, ob die gefiederten Gauner daran Freude haben. Und tatsächlich, es dauert nicht lang, dann haben sie ihr neues Spielzeug entdeckt und bemühen sich um die Glocke. Sie glitzert ja auch so schön. Aber das Seil hält. Wir werden uns wohl noch eine Weile über dieses Spiel amüsieren, die Elstern und ich.

Mein Gatte hat sich noch nicht mit mir verabredet, zum Essen, Kino oder so. Wird wohl auch nicht passieren. Sicherlich erkennt er nun seinerseits, dass eine Trennung auch ein Neuanfang ist und orientiert sich um. Kein Problem. Ich vermisse ihn nicht. Ich denke oft an ihn, aber nicht wehmütig. Es ist mehr so, dass ich nach neuen Lebensinhalten suche und diese auch finde. Die Traurigkeit der »Kühlschrank-Phase« ist einer inneren Gelassenheit gewichen.

Es war die richtige Entscheidung, für uns beide, da bin ich mir nun ganz sicher. Wir waren einfach schon zu weit voneinander entfernt, die letzten Jahre schon. Ich wünsche mir, dass wir die schönen gemeinsamen Jahre eines Tages in liebevoller Erinnerung behalten. Ich wünsche mir, dass wir eines Tages miteinander reden können, so wie es sich für zwei Menschen gehört, die sich eine lange Zeit ihres Lebens geschenkt haben.

Christi Himmelfahrt. Strahlender Sonnenschein. Eine SMS von Ralf lädt mich zum Mittagessen in Kiel ein. Auf dem Weg dorthin

fällt mir auf, dass alle Schafherden kleine Lämmer haben. Die Schafe auf »meiner« Weide nicht.
»Du, Ralf, wieso haben denn unsere Schafe wohl keine Babies? Ostern ist doch schon vorbei.«
Er hat uns Putenbrust gebraten und dazu einen leckeren Rohkostsalat angerichtet. Ralf achtet enorm auf gesunde Ernährung. Ich esse zwar auch gern Rohkost und Gemüse, aber ich achte keineswegs auf irgendwelche Fette, Kalorien oder Cholesterin. Trotzdem bin ich schlank und gesund. Meine Devise: alles in Maßen, das wird schon richtig sein. Und mir schmeckt es einfach viel zu gut, als dass ich freiwillig auf eine »ungesunde« Köstlichkeit verzichten würde. Zum Beispiel könnte ich niemals widerstehen, wenn Raffaellos auf dem Tisch liegen.
»Vielleicht ist kein Bock dabei«, grinst er über den Tellerrand. Kann sein. Weiß ich nicht.
Nachmittags lassen wir Drachen steigen. Lenkdrachen. Schön, dass auch Erwachsene spielen dürfen. Ich spiele gern.
Abends große Freude. Zu Hause höre ich schon auf dem Parkplatz niedliche »Mähs«. Das sind nicht die großen Schafe, das klingt nach Babys. Ich renne zur Weide und bleibe verzückt stehen. Sieben kleine Lämmer sind heute geboren. Sofort schicke ich eine SMS nach Kiel, Ralf informieren. Jeden Tag kommen nun Schafkinder auf die Welt. Ich habe es mir zur Aufgabe gemacht, gut aufzupassen, dass die Kleinen bald auf die Füße kommen. Meine Vermieter sind nicht immer da, um eventuell einzugreifen. Leider werden einige auch tot geboren und manchmal muss der Tierarzt dem Mutterschaf bei der Geburt helfen. Alles sehr aufregend. Staksig laufen die Babys auf ihren viel zu langen Beinen herum. Kann mich gar nicht sattsehen daran. Interessant ist die Familienfindung. Sie erkennen sich wohl am Ton und am Geruch. Manchmal erwischt ein Lamm die falsche Mutter und wird dann unsanft

weggeschubst. Manchmal sind die Mamis auf der Suche nach ihren spielenden Kindern. Eines habe ich ganz besonders ins Herz geschlossen. Fridolin. Es ist das kleinste Lamm und hat eine besonders schöne, auffällige Zeichnung. Obwohl oder gerade weil es das kleinste ist, ist es besonders lebhaft, besonders frech, besonders keck.
Es ist ein wunderschönes Schauspiel, das ich hier frei Haus geliefert bekomme.

Dennoch vergesse ich das Internet nicht. Abends ist Chatten angesagt. Vor allem die Bikerseite und der neu gegründete Stammtisch interessieren mich. Allerdings habe ich immer öfter Kummer mit meiner Internetverbindung. Ob das wohl an AOL liegt? Ich fliege einfach raus. Nicht unbedingt schlimm, aber sehr lästig. So rufe ich denn mal bei der AOL-Hotline an.

Eine Männerstimme fragt mich, womit er mir helfen kann.
»Wer ist der Host?«, möchte ich wissen.
»Wie bitte?«
»Wer ist der Host?«
»Kann ich jetzt nicht verstehen.«
»Na, hier steht immer: Die Verbindung wurde durch den Host zurückgesetzt. Also, wer ist der Host?«
Er lacht.
Trotz intensiver telefonischer Beratung, der Mensch war wirklich sehr geduldig mit mir, das Problem wird nicht gelöst. Liegt vielleicht daran, dass ich mit Begriffen wie Grafikkarte und so weiter leider nichts anfangen kann. Er empfiehlt mir, einen Computermenschen hinzuzuholen und dann eventuell mit diesem gemeinsam erneut bei der Hotline anzurufen.

Schlimmer, viel schlimmer ist der ganze Behördenkram, der auf mich zukommt. Da hatte ich ja gar nicht dran gedacht. Nur zwei Dörfer weiter gezogen, aber leider in einen anderen Kreis. Dass ich mich behördlich ummelden muss, als Privatperson und auch als selbstständige Tuppertante, da habe ich nicht dran gedacht. Nun lese ich in einer Umzugsbroschüre, dass man die PFLICHT hat, sich innerhalb von zwei Wochen umzumelden. Oh je, hoffentlich reißt mir niemand den Kopf ab. Zwei Wochen sind schon lang vorbei.

Einwohnermeldeamt. Ich gebe lieb und brav meine Daten an, habe Mietvertrag und Personalausweis dabei. Wird alles geändert. Meine Frage: Abmeldung in der alten Gemeinde automatisch?
Nein, wie ich denn darauf käme? Selbstverständlich müsse ich mich in meiner alten Gemeinde abmelden.
Na ja, ich dachte ja nur, im Zeitalter von Computer und Internet. Aber okay, dann fahre ich dort morgen hin und melde mich ab. Nun auf das Ordnungsamt, im selben Haus, ein Zimmer weiter. Dort melde ich den Standort meiner selbstständigen Tätigkeit um. Auch hier teilt man mir mit, ich müsse mich in meiner alten Gemeinde abmelden.
Nächster Tag, Besuch in meiner alten Gemeinde. Brav melde ich mich ab bzw. um. Es gibt mich ja noch, ich bin ja nicht verschwunden.
Zu Hause klingelt das Telefon. Das Ordnungsamt. Die Dame benötigt für die Unterlagen mein Geburtsdatum. »Da hätten Sie doch auch Ihre Kollegin im Nachbarzimmer fragen können, die hat alle Daten.« Nein, erklärt sie mir, das müsse ich schon persönlich sagen. Ich runzle mal verblüfft die Stirn, was aber am Telefon ja niemand sehen kann. Klar, warum einfach, wenn es auch um-

ständlich geht. Nun wird aber wohl alles erledigt sein, oder? Noch eine kurze Frage von mir: »Muss ich mich beim Finanzamt auch ummelden?« Nein, das Finanzamt wird selbstverständlich von den Behörden informiert. Ist klar, dem Finanzamt entkommt keiner.
Mein Motorrad muss ich ummelden. Also fahren die Suzi und ich zur Zulassungsstelle. Das geht schnell und unkompliziert. Habe sogar das alte Nummernschild selbst ab- und das neue selbst angeschraubt. Logisch, wer Batterien in Motorräder bauen kann …
Meine Versicherungen habe ich angeschrieben, neue Anschrift mitgeteilt, ebenso meine Bank, Krankenkasse und so weiter. Nun wird doch wohl alles in Ordnung sein?

Post vom Finanzamt meiner ehemaligen Gemeinde. Ein Formular, das ich bitte ausfüllen möchte. Man fragt sich, womit ich denn nun meinen Lebensunterhalt verdiene, nachdem ich meine Tätigkeit abgemeldet habe. Ab? Ich habe umgemeldet, nicht ab. Man möchte dann auch noch wissen, ob ich aus meiner selbstständigen Tätigkeit irgendwelches Eigentum veräußert habe und wie hoch der Gewinn aus dieser Veräußerung ist. Ruhig bleiben, ganz ruhig bleiben. Ich setze einen netten Brief an den zuständigen Sachbearbeiter des Finanzamtes auf, teile den Irrtum mit und beglückwünsche die Institution Finanzamt zu der Vielfalt ihrer Formulare, die sie für alle Eventualitäten griffbereit haben. Nie wieder was gehört. Sie haben mich wohl verstanden.

Zwischendurch stelle ich noch ganz andere Schwierigkeiten fest. Die Spülmaschine wird einfach nicht voll. Sie ist viel zu groß für mich. Genauso meine neu erworbene Waschmaschine. Ständig laufe ich durch meine kleine Wohnung auf der Suche nach noch waschbaren Textilien, damit die Maschine endlich voll wird.

Halbvolle Maschine ist doch Energieverschwendung. Aber Lieblingsklamotten wollen wieder getragen werden. Dann will ich Wäsche aufhängen. Ups, habe keine Wäscheklammern. Wer denkt schon daran, bei Trennung auch die Wäscheklammern zu teilen. Du die roten, ich die blauen. Also neue kaufen. Das Einkaufen, das ist auch so eine Sache. Was soll ich mit einem ganzen Netz voller Zwiebeln? Warum kann ich im Discounter nicht eine einzelne Zwiebel kaufen, wenn ich doch nur eine brauche? Oder Knoblauch. Drei Knollen sind in einer Packung. Gute Güte, ich will doch keine Vampire vertreiben. Werde mal mit meiner Nachbarin reden, ob wir solche Dinge gemeinsam einkaufen und teilen können. Single sein ist gar nicht so einfach. Getränkekisten. Eine Kiste Brause benötige ich schon. Will doch nicht jeden zweiten Tag zum Einkaufen fahren müssen. Aber schwer so eine volle Kiste. Also drei Flaschen raus, Kiste tragen, drei Flaschen hinterhertragen. Na siehste, geht doch. Wirklich erschüttert bin ich dann, als ich das erste Mal brav gesammeltes Altpapier entsorgen will. Weißt du, so ein Blatt Papier oder eine Zeitung, die wiegen doch nichts. Einzeln. Jedes Blatt für sich. Aber gesammelt im großen Karton …

Einen Monat wohne ich nun schon hier. Mit meinem Vermieter habe ich vereinbart, die Miete in bar zu zahlen. Das kommt mir sehr entgegen, denn durch die Tupperwarenlieferungen habe ich oft Bargeld im Haus. Spart mir einen Gang zur Bank. Ich packe also eine kleine Pralinenmischung ein und bringe sie mit der Miete rüber. Bei der Gelegenheit frage ich gleich mal, ob alles in Ordnung ist, ob sie mit mir als Mieterin zufrieden sind. Ja, sind sie. Sehr sogar. Alles fein ordentlich. Und sie hören gar nichts von mir. Noch nicht einmal den Fernseher. Fernseher? Ups. Der ist überhaupt noch nicht angeschlossen. Meine Vermieterin schüttelt ungläubig den Kopf. »Kein Fernsehen? Einen ganzen Monat lang?« Das kann sie nicht glauben. Hm, ich werde mich demnächst mal drum kümmern. Aber so wichtig ist das nicht.

Von wegen! Ich bekomme Post von der GEZ. Sie schreiben mir ganz freundlich, dass man ihnen mitgeteilt hat, ich sei umgezogen. Nanu, wer war das? GEZ wie Finanzamt?
Nun wollen sie also wissen, wie viele Geräte ich besitze. Wegen der Gebühren, zu denen ich verpflichtet bin. Schon wieder Kosten, stöhn.
Ich kreuze wahrheitsgemäß die Kästchen auf dem Formular an. Dazu schreibe ich noch einen kurzen Brief, in dem ich freundlich auf meine besondere Situation aufmerksam mache: Fernsehen noch nicht angeschlossen, keine Zeit, weil Tuppertante, und abends meistens unterwegs. Radio höre ich, aber Radio Schleswig-Holstein, und das ist ein Privatsender, der nichts kostet. Ich bitte daher um einen »Wenignutzerbeitrag«. Gleichzeitig erteile ich freundlichst eine Abbuchungsermächtigung von meinem Konto. Logisch, den Brief habe ich nicht ernst gemeint. Es hat mir nur einfach Freude bereitet, ihn zu schreiben. Auf Antwort warte ich nicht.
Umso erstaunter bin ich, als wenige Tage später tatsächlich ein Schreiben von der GEZ kommt. Da hat sich doch wirklich jemand die Mühe gemacht, mir persönlich zu schreiben. Man bedauert außerordentlich, dass man auf meine Situation keine Rücksicht nehmen kann. Die Gebühren sind festgeschrieben und einen Wenignutzerbeitrag gibt es leider nicht. Auch wenn ich das Fernsehgerät nicht nutzen würde und nur RSH höre, ich hätte doch die Möglichkeit, auch die öffentlich-rechtlichen Sender zu empfangen und das TV-Gerät einzuschalten. Ich komme aus dem Lachen nicht mehr heraus. So einfach ist das, mal bisschen Freude in den

tristen Alltag zu bringen. Im Büro der GEZ haben sie sicher auch gelacht.

Mal rechnen. Miete, Krankenkasse, Versicherungen, GEZ, Strom, Telefon, Internet, Benzin …, oh, oh, das Leben ist teurer, als ich dachte. Ich muss sparsam sein. Kann ich auch gut. Markenartikel benötige ich nicht. Meinem Geschirr ist egal, was auf der Spülmittelflasche draufsteht. Ich gehe nicht aus, nicht ins Kino, nicht in die Disco.
Aber mein Gatte tut dies mittlerweile. Die Kinder kommen mich besuchen und berichten von der seltsamen Wandlung ihres Vaters. Na, da staune ich aber. Er verlässt freiwillig sein Büro? Ja, und nicht nur das. Er renoviert nun auch die Wohnung.
Wie bitte? Er streicht die Diele in Orange? Jetzt? Zu spät. Warum? Wieso nicht früher?
Er hat Kontakt zu einer Freizeitgruppe aufgenommen, über die Tageszeitung. Um Freunde zu finden. Ich komme aus dem Staunen nicht heraus.
Ja, und er meint, was ich könne, das könne er schon lange.
Verstehe ich nun nicht. Ich gehe nicht in Discos. Ich bin auch in keiner Freizeitgruppe, um Freunde zu finden. Glaubt er denn, ich sei zum hemmungslosen Amüsieren unterwegs? Und nun will er es mir »heimzahlen«? So ein Quatsch. Irgendwas hat er da wohl falsch verstanden.

Dann lädt er mich zum Frühstück ein. Ich bin überrascht, nehme die Einladung aber gern an. Wir sitzen auf der Terrasse unseres gemeinsamen Hauses. Traumhaft der Blick auf den See. Er hat neue Teakholz-Gartenmöbel. Mit dicken, teuren Polstern. Schön, dass zumindest er nicht sparen muss. Er hat meine Lieblingsmarmelade bereitstehen, auch meinen Lieblingsjoghurt. Zuerst

plaudern wir belanglos, etwas gehemmt, etwas unsicher. Dann kommt er zum Thema.
»Weißt du, ich wünsche mir oft, du würdest zu mir zurückkommen.«
Ich schlucke. Diesen Wunsch habe ich eigentlich nicht.
»Ich vermisse dich.« Abwartend schaut er mich an. Wieder öffnet sich mein Herz und ich spüre Wehmut und was weiß ich. Zurückgeworfen in die Zweifelphase. Ich kann nicht antworten.
»Weißt du, ich schaffe das hier einfach nicht allein. Das große Haus, die Wäsche, das Bügeln …«
Und wieder raus aus der Zweifelphase. Ist schon okay, werter Gatte. Was du brauchst, ist eine Putzfrau, und die bekommt man über Stellenanzeigen, nicht übers Herz.

Der Wettbewerbspreis Apothekerschrank ist da. Ich freue mich. Axel sagt, der sei so schwer, den könne ich bestimmt nicht allein tragen. Ob ich jemanden hätte, der mir zu Hause hilft? Nein, kein Prinz mehr da. Ich bin Single. Da muss ich durch. Axel trägt mir den Karton zum Auto. Ich stehe grübelnd daneben.
»Axel, das muss ein Missverständnis sein. Ich habe doch einen Apothekerschrank bestellt. Der Karton ist viel zu schmal.«
Axel lacht.
»Hey, was denkst du? Das sind alles Einzelteile, so ungefähr tausend. Zusammenbauen musst du ihn selbst.«
Oha.
Zu Hause muss ich resignieren. Diesen Karton bekomme ich absolut nicht aus dem Auto herausgetragen. Absolut nicht. Ratlos laufe ich zwischen Auto und Wohnung hin und her. Was tun? Wen kann ich anrufen? Und wieder hin und her. Dann Idee. Ich werde den Karton aufreißen und die Teile einzeln in meine Wohnung bringen. Gesagt, getan. Chaos pur. Innerhalb kurzer Zeit wird aus

meiner niedlichen Puppenstube ein Möbelersatzteillager, oder wie sieht das hier aus. Verzweifelt sitze ich inmitten der vielen Teile. Bretter, Schienen, Knöpfe, Schrauben, Leim und so kleine, wunderschöne Holzstückchen, so geriffelt. Ganz viele. Wofür die sind, weiß ich noch nicht. Die Aufbauanleitung nehme ich zur Hand und werfe sie ganz schnell wieder weg. Ich versteh kein Wort.

HILFE!!!

Ralf kommt und bringt seinen Akkuschrauber mit.
»Du solltest dir selbst mal einen Akkuschrauber kaufen. Braucht man immer mal.«
Da hat er wohl Recht. Ich sollte mir mal einen Akkuschrauber kaufen.
Jetzt bin ich erst mal froh, dass er hier ist und mir den Schrank aufbaut. Manchmal sind Männer eben unersetzlich. Aber von wegen. Zu früh gefreut.
»Selbst ist die Frau«, grinst Ralf. Er zeigt mir, wie man mit dem Akkuschrauber umgeht. Man kann sogar rückwärts schrauben, hast du das gewusst? Dann erklärt er mir, wie die Teile zusammengehören und womit ich anfangen muss. Die niedlichen kleinen Holzstückchen sind Dübel, die zusätzlich noch verleimt werden müssen. Wer so was wohl erfunden hat? Witzig, so mit den Riffelungen.
Aufmerksam beobachte ich Ralf bei seinem Tun, aufmerksam verfolge ich jede seiner Anweisungen. Dann fährt er nach Kiel zurück, lässt mich mit Akkuschrauber und Holzdübeln allein. Mit Feuereifer gehe ich sofort ans Werk. Bevor Ralf in Kiel ankommt, habe ich bereits drei Schubladen zusammengebaut. Klasse. Ein tolles Gefühl, selbst etwas zu schaffen. In meinem nächsten

Leben werde ich Tischler, ganz klar. Für heute muss ich Schluss machen. Der Akkuschrauber macht Lärm. Und es ist schon spät. Aber morgen schaffe ich den Rest.

Nun gut, nicht ganz. Alle Schubladen sind zusammengebaut, die Schienen und Seitenteile montiert. Aber wie soll ich es schaffen, den Rahmen alleine fertigzustellen? Unmöglich. Da müssen noch zwei Hände her. Also rufe ich mal meine Nachbarin Nicole an.
»Moin, Nicole, sag, kann ich mir mal deinen Mann ausleihen? Du weißt ja, ich hab keinen mehr.«
Sie lacht. »Na klar, aber nur, wenn Niklas und ich mitkommen dürfen, so zur Kontrolle.« Niklas ist ihr kleiner Sohn. Ich hab den Bengel zum Fressen gern, wirklich. Das wird mit Sicherheit mal ein Herzensbrecher. Basti ist Zimmermann, der wird schon wissen, wie man den Rahmen zusammenbekommt. Ich erzähle Nicole noch, worum es geht. Sie verspricht mir, gleich nach Feierabend zu mir zu kommen.

Basti sieht nicht sehr begeistert aus, als sie vor meiner Tür stehen.
»Na, ich soll einen Apothekerschrank zusammenbauen?« fragt er skeptisch.
»Nein, nicht ganz. Die zehn Schubladen hab ich schon, auch die Scharniere. Nur der Rahmen fehlt noch.«
Ihm scheint ein großer Stein vom Herzen zu fallen. Er atmet sichtlich auf.
»Das soll man kein Problem sein«, verspricht er, und wir machen uns gleich an die Arbeit. Ruck, zuck steht der Schrank an seinem angedachten Platz. Ich freue mich wie ein kleiner Schneekönig. Wieder etwas geschafft. Stolz rufe ich in Kiel bei Ralf an.
»Kannst deinen Akkuschrauber wieder haben, der Schrank steht.«
»Na siehste, geht doch.«

Am 9. Juni erlebe ich die »Volvo Ocean Race«. Acht Segelschiffe sind seit September 2001 unterwegs, um heute nach etwa 32.700 Seemeilen in Kiel einzulaufen. Ein spannendes Warten beginnt. Rechtzeitig sind Ralf und ich im Hafen, um mit Tausenden von Menschen den Sieger des Rennens und natürlich alle anderen zu begrüßen. Ich habe Gänsehaut, als die »Illbruck Challenge«, die deutsche Yacht, als Erste im Ziel ankommt. Hubschrauber kreisen über dem Hafen, Feuerwehrboote lassen Wasserfontänen spritzen, die Menschen jubeln und applaudieren, Radio und Fernsehen sind vor Ort. Ich fühle mich so zauberhaft klein. Manchmal ist es gut, sich klein zu fühlen. Verstehst du, was ich meine? Das sind Momente, in denen mir bewusst wird, wie wunderbar groß die Welt ist, wie wunderbar groß Freude und Eintracht sein können. Ich fühle mich klein in dieser Masse Mensch, aber einfach unbeschreiblich gut. Und deswegen muss ich auch etwas weinen, so ein paar verschämte kleine Tränchen. Ein unvergessliches Erlebnis! Unvergesslich auch die »Kieler Woche« und hier ganz besonders die »Windjammerparade«. Ich liebe Schiffe, ich liebe das Meer. Ralf erweist sich mal wieder als perfekter »Fremdenführer«. Er erzählt und erklärt, und ich kann nicht genug Input bekommen. Überall in der Stadt sind Infostände, Verkaufsstände, Musikbühnen, kunterbuntes Leben.

Ralf. Irgendwie fühle ich mich mit ihm seelenverwandt. Dennoch werden wir nie ein Paar werden, denn Ralf behauptet von sich, nicht beziehungsfähig zu sein. Oder zumindest nicht mit mir. Es tat weh, als er mir sagte, er habe mich verdammt gern, aber er könne mich nicht lieben, so wie ich es verdient hätte. Es tat weh und ich habe lange gebraucht, dies zu akzeptieren. Doch nach wie vor verbringe ich sehr gern viel Zeit mit ihm.

Hat doch tatsächlich jemand meine vielen Schuhe ersteigert. Ich packe alle in einen riesengroßen Karton und mache mich auf den Weg zur Post. Will gerade den Karton aus dem Auto nehmen, als ein netter Mann freundlich fragt: »Soll ich Ihnen helfen?«
»Ach was«, antworte ich, »ich bin doch schon groß.«
Er schmunzelt. »Klar, hatte ich nicht gleich gesehen.« Und schaut von weit oben zu mir herunter. Wir lachen beide.
In meinem Discounter, der sich direkt neben der Poststelle befindet, gibt es Haushaltsleitern im Angebot. Das ist gut. Ich benötige dringend eine ordentliche Leiter für mein selbstständiges Leben ohne großen Prinzen.

Mein erster Geburtstag als Single. Meine Eltern und mein Patenkind sind zu Besuch. Und wir wollen grillen. Grillen ist eigentlich Männersache. Aber Ralf hat mir gezeigt, wie man die Kohle aufschichtet, dann mit dieser Flüssigkeit tränkt, die alleine nicht brennt, sondern nur eben in Verbindung mit der Kohle. Mit Luft kann man das Feuer noch etwas anheizen. Ein normaler Föhn tut gute Dienste. Und dann musst du warten, bis die Kohle weiß wird. Erst dann kommt das Grillfleisch auf den Rost. Grillen macht Spaß. Deswegen habe ich mir auch einen eigenen Grill gekauft. Und ich nehme mir vor, so oft wie möglich mit lieben Freunden diesen Spaß zu genießen.

Samstag feiern wir eine Grillparty. Zum ersten Mal sind auch Freunde vom Biker-Stammtisch dabei. Zum Beispiel Burki, den ich zu meinen allerbesten Freunden zählen darf. Es ist ein wunderschöner, fröhlicher und ungezwungener Abend. Selbstverständlich hat auch mein Gatte an meinen Geburtstag gedacht. Aber zur Party habe ich ihn nicht eingeladen.
Mein Freundeskreis hat sich sehr verändert. In der »Verheira-

tetenwelt« bin ich nicht mehr gern gesehen. Als Singlefrau betrachtet man mich wohl als potenzielle Gefahr. Albern, oder? Hey, ich will eure Männer doch gar nicht. Nein, nein, keinen Pantoffelhelden. Ich möchte nicht als Hausmütterchen vor dem Gulaschtopf enden. Aber interessant: Wenn sie mich als Gefahr ansehen, dann vertrauen sie auch ihren Männern nicht, oder? Manchmal treffe ich beim Einkaufen Menschen aus meinem alten Dorf. Scheinheilig fragen sie, wie es mir geht. Sie wollen es nicht wirklich wissen. Es geht mir gut.

Mein Laptop gibt so langsam den Geist auf. Oder wie soll ich das sonst beschreiben? Also, es ist so, dass sich so langsam die verschiedenen Tasten verabschieden, Das »A« ist schon nicht mehr da, nicht wirklich. Ja, ich weiß, wo es versteckt ist, aber es ist nur noch so ein Nupsi, keine wirkliche Taste mehr. Die hat sich gelöst. Und auch das »E« und das »N« verabschieden sich bereits. Ich rufe mal wieder bei Stefan an. Nun muss ich einen richtigen Rechner haben, so wie er das genannt hat damals. Jetzt bin ich bereit dafür. Ich benötige auch einen richtigen Bildschirm. Na ja, und vor allen Dingen eine stabile Tastatur. Motherboard heißt das. Ist das nicht ein komischer Name? Wir verenglischen nach und nach. Aber warum Motherboard? Mother heißt doch Mutter, oder? Mutterbrett?

Eine Singlefrau benötigt eigenes Werkzeug, ganz klar. Ralf und ich stöbern auf einem Flohmarkt. Schraubendreher (ja, die heißen »-dreher«, nicht etwa Schraubenzieher, denn die Schrauben werden damit gedreht und nicht gezogen), Maulschlüssel in tausend Größen (warum die wohl so heißen?), Zangen und all so ein Zeugs. Eine kleine Grundausstattung. Ich bezweifle im Stillen, dass ich das alles brauche und benutzen werde. Aber man bzw.

frau kann ja nie wissen. Fast hätte ich noch ein superteures Schachspiel gekauft, nur weil es so wunderschön aussah. Dabei kann ich gar kein Schach spielen.

Das soll sich ändern. Ralf und ich sitzen bei strahlendem Sonnenschein auf meiner Terrasse, und er stellt ein kleines Schachspiel auf. »Zwecklos«, sage ich. »Schach hat für mich irgendwie immer etwas mit Mathematik zu tun. Und Mathematik kann und mag ich nicht. Ich werde das nie lernen.«
»Quatsch, du sollst das nicht sagen. Du kannst alles lernen. Weißt du doch.«
Geduldig erklärt er mir die verschiedenen Figuren und Züge. Dann schreibt er mir die Namen und die Zugmöglichkeiten auf einen Zettel. Das Pferdchen kann einen Hüpf nach vorne und zwei zur Seite machen, zum Beispiel. Die Bauern beim ersten Zug zwei Felder, danach immer nur eins. Und du musst immer überlegen, welchen Zug der Gegner machen würde und welche Figur in Gefahr geraten könnte. Als die Sonne untergeht, habe ich mein erstes Schachspiel tapfer verloren. Wow, ich kann jetzt Schach spielen. Na siehste, geht doch.

Im Baumarkt gibt es rote Akkuschrauber im Sonderangebot. Rote! Na, wenn das kein Zeichen ist, dass ich nun unbedingt einen eigenen Akkuschrauber kaufen muss. Der ist viel wichtiger als die Maulschlüssel, glaube ich. Also ab in den Baumarkt. Enttäuschung groß, leider ausverkauft. Der Verkäufer bietet mir für den gleichen Preis einen höherwertigen Akkuschrauber an. Doof. Ich wollte einen roten. Warum ist der höherwertige nicht in Rot? Ich nehme ihn trotzdem. Und finde zufällig bei den Kleinteilen heraus, dass es diese niedlichen Holzdübel tütchenweise zu kaufen gibt. Ich weiß zwar noch nicht, wofür, aber vorsichtshalber kaufe ich mal eine.

Gleich ausprobieren geht aber nicht, muss erst aufgeladen werden. Wie ärgerlich, wo Ungeduld doch mein zweiter Vorname ist. Der Akkuschrauber hat einen hübschen Koffer mit dabei, mit vielen Aufsätzen. Und sogar bohren kann man damit. Schade, im Moment kein Grund zum Bohren da. Das hätte ich jetzt doch schrecklich gern mal gemacht. Aber ich kann wohl schlecht einfach so Löcher in meine Mietwohnungswand bohren.

Die nächste Aufgabe kommt schon bald. Rüdiger, unser Postzusteller, bringt mir ein Päckchen. Habe bei Ebay einen amerikanischen Briefkasten ersteigert. Der soll einmal wie ein Pelikan aussehen. Muss geschraubt werden! Gern mache ich mich an die Arbeit und bin auch schnell fertig damit. Nur, wo soll der nun hin? Ich benötige einen Holzpfosten, auf dem der Pelikan sitzen kann. Mit dem Pelikan im Arm besuche ich meinen Vermieter. Kurze Zeit später hat er einen dicken Holzpfosten besorgt und gräbt ihn mir neben meiner Wohnung ein. Ein kleines Holzbrett gibt er mir noch. Das soll ich nun oben am Holzpfosten anbohren, darauf dann den Pelikan anbringen. Er selbst arbeitet am Zaun der Weide neben meiner Terrasse, während ich eifrig Schrauben anbringe. Einige werden recht schief. Also rückwärts schrauben und noch mal von vorn beginnen. So, fertig. Stolz betrachte ich mein Werk. Zum Test einmal die Klappe öffnen. Gute Güte, das geht leider nicht. Ich habe den Pelikan so angebracht, dass die Klappe direkt über dem Holzbrett sitzt und sich somit nicht öffnen lässt. Resigniert gebe ich auf. Mein Vermieter soll nicht merken, dass ich Mist gebaut habe. Das ist mir nun doch wirklich zu peinlich. Also tue ich so, als sei alles in Ordnung, räume das Arbeitsmaterial weg und beschließe, eine kleine Radtour zu unternehmen.

Weit komme ich nicht, denn meine Nachbarin Nicole sitzt draußen im Garten und lädt mich auf eine Tasse Kaffee ein. Wir spielen mit Niklas und klönen uns fest. Ich erzähle natürlich nichts von meinem Missgeschick. In Gedanken hoffe ich, dass mein Vermieter mit den Arbeiten am Zaun fertig sein wird, wenn ich gleich nach Hause komme. Damit ich in Ruhe und ohne beobachtet zu werden den Pelikan wieder abschrauben und korrekt anschrauben kann. Tatsächlich, keiner zu sehen. Also krame ich wieder den Akkuschrauber heraus und gehe zum Briefkasten. Oh, der sitzt schon korrekt. Verschämt muss ich grinsen. Mein Vermieter hat still und leise meinen Fehler schon behoben.

Die Biker vom Aral-Chat haben zum Grillen nach Essen eingeladen. Essen. Boah, weit weg. Und außerdem Ruhrgebiet, will sagen, viele Städte. Ich soll mit Motorrad kommen, weil wir ja schließlich alles Biker sind. Ob ich das jemals finde? Diese vielen Autobahnen, da graut mir vor. Trotzdem packe ich meine Gepäckrolle und fahre ganz allein los. Ist so eine Art Mutprobe. Stundenlang allein mit dem Motorrad unterwegs, auf unbekannten Straßen, in unbekannten Stadtgebieten. Anja und die anderen freuen sich riesig, als ich abends ankomme. Und ich mich auch! Puh, geschafft. Nirgends verloren gegangen. Diese Tour habe ich genutzt, um gleich ein paar Tage Urlaub bei meinen Eltern zu machen. Nur wissen die noch gar nichts davon. Ich habe mich nicht angekündigt. Stell dir vor, ich hätte gesagt: »Mama, Papa, ich komme allein mit dem Motorrad zu euch.« Die hätten mir das verboten vor lauter Sorge. Also unangemeldet.

Tapfer kämpfe ich mich am Sonntag, den 4. August, vom Ruhrgebiet über das Sauerland bis nach Hessen. Es ist herrlichstes Sommerwetter. So vermute ich auch richtig, dass im Biergarten der Gaststätte meines Bruders jede Menge Gäste verweilen und meine Mama dort heute arbeitet. Ich fahre also direkt dorthin. Schon etliche Meter vorher zaubert mir die Aufregung und Vorfreude ein paar Tränen in die Augen. Ich bin einfach zu sentimental.

Ganz cool fahre ich bis direkt vor den Biergarten. Noch einmal Gas geben, möchte ja gehört werden. Dann Maschine aus, Visier hoch. Meine Mama trägt ein Tablett mit vielen vollen Weizenbiergläsern zu einem der vollbesetzten Tische. Ein kurzer Blick zu dem »unbekannten Biker«, dann will sie weitergehen. Sie stockt, ihr Blick geht wieder zu mir, sie schaut mir in die Augen und schreit auf. Zitternd stellt sie das Tablett auf den nächsten Tisch und rennt auf mich zu.

»Meine Tochter, meine Tochter«, ruft sie ganz laut. Alle Blicke gehen nun zu mir, und logisch, ich freue mich und weine. Überraschung gelungen.

Ein paar Tage werde ich bleiben. Mein nächster Tuppertermin steht erst für Freitag an.

Mein Patenkind möchte mit mir Motorrad fahren. Für so kleine Jungs ist das etwas Besonderes. Wir leihen von Bekannten Helm und Schutzbekleidung aus und starten. Vorher habe ich mit ihm abgesprochen, wie er sich festhalten soll und welche Zeichen er mir geben soll, wenn irgendetwas nicht in Ordnung ist. Knapp zehn Kilometer weiter rutscht der Bengel plötzlich nach rechts weg. Erschrocken ziehe ich ihn wieder links rüber. Und wieder rutscht er weg. Was macht er? Ich ziehe an seinem Ärmel und rufe seinen Namen.

»Torben, Torben!«

Ein kleiner Ruck geht durch seinen Körper. Nun sitzt er wieder gerade. Von nun an zupfe ich in regelmäßigen Abständen an

seinem Ärmel oder klopfe mit der linken Hand an sein Bein. Er war doch tatsächlich eingeschlafen. Wieder sicher zu Hause angekommen, frage ich ihn:
»Sag, war das denn so langweilig, dass du eingeschlafen bist?«
»Nein, nicht langweilig, es war so schön.«

Schade, der Sommer macht Pause. Sicher sehe ich ein, dass die Pflanzen und Blumen auch mal Regen brauchen. Aber warum gerade an dem Tag, an dem ich die lange Heimreise nach Schleswig-Holstein antreten muss? Ich habe keine Regenkombi dabei, wie unvorsichtig. Mama fragt, ob ich das Moped lieber stehen lassen und stattdessen mit ihrem Auto fahren will. Auf keinen Fall! Ohne Regenkleidung kann ich aber nicht starten, die Lederkombi wäre schon nach wenigen Kilometern durchnässt. Und ich habe über 400 km zu bewältigen. Nützt nichts, ich muss Regenbekleidung kaufen. Meine Eltern sehen nicht sehr glücklich aus, als ich mich kurz darauf von ihnen verabschiede und in den Regen fahre.
Über 400 km nur Regen. Es dauert nicht lang, dann sind die Handschuhe durch und durch nass. Ein paar Ersatzhandschuhe sind in den Satteltaschen. Ich werde zwischendurch tanken müssen, dann ziehe ich die trockenen Handschuhe an. Es regnet unerschütterlich. Verantwortungslos empfinde ich auf der Autobahn die LKWs, die ohne Licht fahren. Graue Plane bei strömendem Regen sieht man erst sehr spät. Und wieder grüble ich darüber nach, warum es keine Scheibenwischer für Helmvisiere gibt. Dicht vor mir einscherende Autos lösen hohe Wasserfontänen aus, die mich zusätzlich zum Regen von oben auch von vorn treffen. Keine Rücksicht auf der Autobahn. Jeder Mensch scheint Egoist zu sein.

Seesen, Harz. Ich muss tanken. Mittlerweile sind auch die Stiefel voller Wasser. Eine heiße Tasse Kaffee wäre toll. Neben mir hält eine Bikerin aus Lübeck. Wir lächeln uns gequält an und tanken schweigend. »Trinkst du auch noch einen Kaffee?«, fragt sie dann. Ich nicke. Klatschnass wie wir sind, gehen wir gemeinsam in das Rasthaus. Dort sitzen noch mehr durchnässte Biker. Kaum steht der bestellte Kaffee vor uns, reißt der Himmel auf und die Sonne kommt zum Vorschein. Ein lautes Aufatmen von Seiten der vielen Biker geht durch den Raum. Schnell beeilt sich jeder, seinen Kaffee runterzuschlürfen. Die trockene Phase muss zum Fahren ausgenutzt werden. Auch ich eile wieder nach draußen, ziehe die trockenen Handschuhe an und starte hoffnungsvoll zur zweiten Hälfte des Heimwegs. Die Hoffnung wird jedoch bereits nach wenigen Kilometern wieder enttäuscht. Es regnet …

Erschöpft, nass, müde und sehr stolz auf mich selbst komme ich abends zu Hause an. Das war eine Mammuttour. Unter erschwerten Bedingungen. Und ich habe sie gemeistert. Ganz allein. Nun kann mich doch wirklich nichts mehr erschüttern, oder? Nun bin ich eine echt geprüfte Bikerin. Schade nur, dass niemand hier auf mich wartet, dem ich das mitteilen kann.

Das schlechte Wetter hält noch ein paar Tage an, dann kommt der Sommer wieder. Richtig heiß. Herrlich. Vom 16. bis 18. August soll das erste Übernachtungstreffen unseres Biker-Stammtisches sein, und zwar gemeinsam mit dem Stammtisch Berlin. Aufregend. In Bergedorf ist Treffpunkt. Fast wäre ich dort zu spät erschienen, weil vor unserer Autobahnauffahrt ein Mähdrescher eine Panne hatte und dadurch alles versperrte. Herzklopfen. Adrenalinspiegel unsagbar hoch. Allein würde ich den Weg nach Prebelow niemals finden. Ich muss pünktlich am Treffpunkt sein.

Vorsorglich rufe ich den Biker über Handy an, der die Führung übernehmen will. Sie müssen auf jeden Fall auf mich warten. Das tun sie auch. Und dann geht es einem aufregenden Wochenende entgegen.

Wenn du in einer Gruppe fährst, hast du einen festen Platz. Die Maschinen fahren versetzt, so dass höchstmögliche Sicherheit gegeben ist. In der Gruppe darf selbstverständlich auch nicht überholt werden. Die unsicheren Fahranfänger oder die langsameren Maschinen kommen weit nach vorn, damit sie nicht verloren gehen. Außerdem, je weiter hinten du fährst, desto schneller musst du fahren. Klingt unlogisch? Denk mal drüber nach. Es stimmt. Mein Platz befindet sich zwischen Susi und Harald. Die beiden sind verheiratet und kommen aus Winsen/Luhe. Ich fahre gern zwischen ihnen, sie geben mir ein sicheres Gefühl.

Holger, einer unserer Streckenposten, verzweifelt fast an mir. Ich traue mich einfach nicht, zu überholen. Immer und immer wieder holt er mich sozusagen hinter einem Auto oder einem Lastwagen zum gemeinsamen Überholen ab. Er lacht über mich. Aber nicht unfreundlich. Immer mehr Biker kommen dazu. Viele neue Gesichter. Interessant, die Menschen, mit denen ich schon so lange im Internet kommuniziere, nun persönlich kennen zu lernen. Auch aus meiner direkten Nachbarschaft ist ein Pärchen dabei. Steffi fährt eine Kawasaki ER5, ihre bessere Hälfte Axel eine giftgrüne Ninja, eine ZR12. Auch seine Kombi ist giftgrün. Krass, welche Unterschiede in einem so bunt zusammengewürfelten Haufen zu finden sind. Ninja ZR12 und Harley Davidson. Jahaaa, er ist auch dabei, der Harleyfahrer. Manni hat seinen Sohn mitgebracht. Er hat also wohl Kinderwochenende, vermute ich mal.

Nicht nur die Maschinen sind sehr unterschiedlich, sondern auch die Biker selbst. Von 20 Jahren (Steffi) bis über 50 jede Altersklasse vertreten. Und beruflich könnten wir wahrscheinlich einen eigenen Staat gründen, alles dabei.

Die Dämmerung bricht bereits herein, wir sind kurz vor dem Ziel. Nun passiert allerdings ein Missgeschick. Andrea verliert ihre Gepäckrolle, die Gruppe wird auseinandergerissen und fährt zwei unterschiedliche Wege zum Zielort. Unsere Gruppe wartet in einem kleinen Dorf auf die anderen. Wir stehen am Rand einer Pflastersteinstraße, die extrem abschüssig ist. Ich muss wirklich auf Zehenspitzen kämpfen, um die Maschine halten zu können. Auch Susi, die vor mir steht, kämpft. Ist sie doch auch nicht gerade groß gewachsen. Nach einigen klärenden Telefonaten geht die Tour weiter. Wir kommen durch ein Waldstück, und hier wird es jetzt kalt und schnell sehr dunkel. So ein Mist, verflixt. Ich kann nichts sehen im Dunkeln. Ich bin nachtblind. Den anderen scheint die Dunkelheit nichts auszumachen. Sie wollen wohl alle nur schnell endlich ans Ziel kommen und ihre müden Knochen ausruhen. Werde ich plötzlich wirklich extrem langsam? Ich verliere meine Biker, die Rücklichter verschwinden immer weiter in der Ferne. Panik steigt in mir hoch, ein dicker Kloß im Hals. Lautlos schreie ich: Halt, vergesst mich nicht! Helft mir! Durch den Wartestopp hat sich die Reihenfolge in der Gruppe geändert und Harri ist nicht mehr hinter mir. Niemand ist mehr hinter mir. Und bald ist auch niemand mehr vor mir. Verzweiflung kriecht in jede Faser meines Körpers. Ich werde langsamer und langsamer und langsamer.

Wenn ich keinen Ausweg mehr sehe, dann gebe ich auf. Das ist immer so. Ich füge mich dann einfach innerlich in mein Schicksal

und denke, gleich ist alles vorbei, lass dich einfach fallen. So auch jetzt. Ich gebe mich auf und sehe mich am Straßenrand im Wald übernachten, kalt und einsam. Doch dann kommt ein Licht auf mich zu, ein Motorrad kommt zurück. Es ist Harri. Mein Retter! Danke, lieber Harri, danke, dass du mich holst. Er dreht neben mir und begleitet mich die letzten wenigen Meter bis zum Ziel.
Das Ziel ist eine Anlage mit vielen Häusern, in denen zu DDR-Zeiten Jugendliche wohl ihre Ferien oder Schulfreizeit oder wie auch immer verbracht haben. Die Häuser haben je zwei Duschen und zwei Toiletten, dazu mehrere Schlafräume mit je vier bis sechs Betten. Hilflos stehe ich mit meiner Gepäckrolle vor den Häusern. Ich bin allein hier, Single. Wo übernachte ich? Entsetzt registriere ich, dass Männlein und Weiblein wohl wild durcheinander die Zimmer teilen. Das gefällt mir gar nicht. Claudia, eine Sozia aus Hamburg, spricht mich an und fragt, ob ich mir mit ihr ein Zimmer teile. Ein Mädchenzimmer, hoffe ich. Argwöhnisch stelle ich die Gepäckrolle auf eines der Betten und bete innerlich, dass entweder nur noch eine Frau zu uns ins Zimmer kommt oder aber einfach niemand mehr. Zwei Betten sind noch frei. Kurze Zeit später ist jeder irgendwo untergekommen und ich kann aufatmen. Claudia und ich bleiben allein in dem Zimmer.

So, Treffen zum Klönschnack bei Haus 1. Ich bin so erleichtert. Erleichtert, dass Harri mich abgeholt hat und ich nicht im Wald schlafen muss, erleichtert, weil Claudia und ich ein Mädchenzimmer haben, erleichtert, weil jetzt einfach alle Anspannung von mir abfällt. Und so dauert es auch nicht lang, bis ich meine Klappe keck viel zu weit aufmache. Allgemeines Kennenlernen ist angesagt. So fragt Claudia mich, wie alt ich eigentlich sei.
»41.«
»Boah, so alt schon? So alt möchte ich nicht werden.«

Na, das wäre aber schade, liebe Claudia. Sie ist Anfang zwanzig. Zwischen uns sitzt Holger, der bereits lachend davon berichtet hat, wie er mich zum Überholen animiert hat. Holger ist Anfang dreißig.
»Nun kann ich mich ja gar nicht entscheiden, bei welcher von euch beiden Damen ich mich heute Nacht ankuscheln soll«, scherzt er.
Claudia flirtet heftig mit ihm. Ich ärgere mich etwas über ihre jugendliche Frechheit, mich als alt zu bezeichnen. Als sie dann auch noch zu ihm sagt, die Entscheidung könne doch so schwer nicht sein, da geht dann doch der Schalk mit mir durch und ich sage frech: »Ganz einfach. Wir schlafen gemeinsam in einem Zimmer, Claudia und ich. Dann kommst du einfach mit, probierst zuerst die Jugend und dann die Erfahrung. Morgen früh kannst du dann sagen, was dir besser gefallen hat.«
Oh, oh, ich hätte mich am liebsten auf die Zunge gebissen für so viel Vorwitzigkeit.
Wir lachen und klönen noch viel an diesem Abend. Aber alle sind auch müde von der langen Fahrt und so nach und nach verschwinden die Leutchen in ihre Betten. Auch ich mache mich auf den Weg zu meinem Kopfkissen. Claudia und Holger flirten noch.

Samstagmorgens. Muss mich erst einen Moment orientieren. Wo bin ich? Ach ja, in Prebelow. Genüsslich strecke ich mich im Bett aus und drehe mich zur anderen Seite um. Wie von einer Tarantel gestochen schrecke ich auf. Da liegt Holger. Direkt neben mir liegt Holger. Ich fasse es nicht. Und neben ihm liegt Claudia. Beide schlafen noch ganz friedlich. Leise, leise ziehe ich mir die Jeans über, schnappe mir meine restlichen Sachen und verlasse das Zimmer.

Die Duschen sind ein Gräuel. Unbeschreiblich schrecklich. Aber Biker müssen so was abkönnen. Ich gehe zum Frühstücksraum, wo Ingo mich mit den Worten begrüßt: »Na, Große, du siehst aus, als wäre dir der Teufel begegnet.«
»Ingo«, flüstere ich, »neben mir lag ein Mann. Holger!«
Ingo lacht nur und schüttelt über mich schmunzelnd den Kopf. »Hat er dich gebissen?«
Quatsch. Okay, ich sag ja schon nichts mehr.

Schon gestern Abend hatte ich einen Verehrer. Frank aus Berlin. Er ist ein ziemlich frecher und lustiger Typ, aber so herzenswunschmäßig gar nicht mein Fall. Ist mir deswegen auch eher peinlich, dass er wie ein Schatten an mir hängt. Auch den anderen fällt das sehr schnell auf. Wenn er gerade mal nicht in der Nähe ist, dann werde ich schon gefragt: »Na, wo ist dein Schatten?« Peinlich und lästig ist mir das.
Manni wäre mir als Schatten sehr angenehm. Aber der ist irgendwie immer weit weg. Manchmal lächelt er mich an. Dann hüpft mein Herz einen Aussetzer lang viel zu schnell und ich werde verlegen. So was Blödes.
Als ich zum Kiosk gehen will, um noch Zigaretten zu kaufen, bittet er mich, für ihn Getränke mitzubringen. Wieder ein kleiner Kontakt.

Eine Motorradtour ist geplant. Aber nicht jeder möchte daran teilnehmen. Es ist sehr heiß, und die Anstrengung von der Anreise gestern steckt einigen doch wohl sehr in den Knochen. Auch ich verspüre keine Lust, auf die Maschine zu steigen. Lieber lege ich mich gemütlich mit einem Buch in die Sonne und genieße den Tag. Manni und sein Sohn bleiben ebenfalls hier. Er und eine Frau namens Heike, die auch ihren Sohn dabei hat, wohnen in einem

Haus. Ob auch in einem Zimmer, das weiß ich nicht. Geht mich auch nichts an. Ich beobachte die beiden und vermute, sie sind ein Paar. Sie gehen gemeinsam mit ihren Jungs zum See. Manni fragt mich vorher, ob ich mitkommen möchte, Boot fahren. Ich lehne ab. Das wäre mir zu doof, als fünftes Rad am Wagen. Erst viel später habe ich erfahren, dass er nicht mit Heike zusammen war und dass er mit seinem Sohn allein Boot gefahren ist. Mich hätte er allerdings gern dabei gehabt. Mensch, wenn ich das gewusst hätte …

Nachmittags sitzen Manni und ich nebeneinander im Schatten auf einer Bank. Ich benehme mich wie ein alberner Teenager, wirklich. Er versucht, sich mit mir zu unterhalten. Und ich bringe kaum ein Wort hervor. Im Leben bin ich wohl noch nicht so schüchtern gewesen wie jetzt gerade neben ihm.
»Mir ist das heute wirklich zu heiß, um Motorrad zu fahren«, sagt er.
»Ja, mir auch.«
»Ich finde, die Tour hierher und die Tour morgen zurück, das reicht auch.«
»Ja, finde ich auch.«
Normalerweise plappere ich wie ein Wasserfall und bin kaum zu stoppen. Und jetzt?
Es gelingt mir einfach nicht, in seiner Gegenwart locker zu sein und eine normale Unterhaltung zu führen. Dieser blöde Kloß im Hals, der taucht immer zum falschen Zeitpunkt auf.
Dann kommt ein Anruf von Ingo. Sie haben sich mit der Strecke verschätzt und kommen später zurück als erwartet. Jemand soll schon das Grillen für abends vorbereiten.
»Hilfst du mir?«, fragt Manni. Boah, diese blauen Augen, dieses Lächeln. Selbstverständlich. Gern sogar. Wenn du wüsstest, wie

gern! Gemeinsam bereiten wir alles vor. Die Feuerstellen, die Tische, schnippeln Gurken und Tomaten. Es macht Spaß. Er zwinkert mir zu und sagt: »Wir sind doch ein tolles Team, oder?« Meinst du, ich hätte den Flirtversuch verstanden? Gute Güte, manchmal bin ich einfach zu blöd. Heike taucht auf, frisch geduscht und gestylt. Also ziehe ich mich unsicher wieder zurück.

Der Abend endet am Lagerfeuer. Herrlich. Ich albere fröhlich herum, nerve Jörg wahrscheinlich tierisch mit meiner Aufgedrehtheit, aber das stört mich wenig. Jörg ist ein ruhiger, schweigsamer Mensch. Aber echt lieb und nett. Er gehört zu Susi und Harri. Manni sitzt rechts an der Seite. Manchmal werfe ich einen Blick zu ihm rüber. Mehr nicht.

Sonntag nach dem Frühstück heißt es Abschied nehmen. Ein aufregend schönes, gut gelauntes Wochenende ist vorüber. Es war das erste dieser Art, aber ganz bestimmt nicht das letzte. Umarmen und Knuddeln sind zum Abschied angesagt. Wo ist nur der Harleyfahrer? Schon weg. Schade.

Zwei Tage später finde ich in meiner Mailbox auf der Bikerseite folgende Nachricht: Wollte dir nur mal sagen, dass du eine tolle Frau bist. Gruß, Manni.

Ja ist der denn doof? Was nun? Flirtet er oder nicht? Ist er mit Heike zusammen oder nicht? Meint er mich?

Ich antworte: Bist du dir bewusst darüber, dass du gerade mit einer alten Frau flirtest? Das ist gefährlich.

Er: Eigentlich wollte ich auch noch schreiben, dass du eine tolle Figur hast. Aber ich dachte, das ist vielleicht etwas zu viel.

Was soll ich nun davon halten?

Habe Herzklopfen.

Ralf hat eine tolle Idee. Wir wollen einen Tag mitten in der Woche auf Amrum verbringen. Einfach nur so, weil das Wetter noch so schön ist. Hach, dieser Mensch ist einfach unbeschreiblich. Ganz frühmorgens fahren wir los. Nach Nordstrand, Strucklahnungshörn. Von dort mit dem Schiff nach Amrum. Zauberhaft diese Halligen. Und so wunderschöne Reetdachhäuser. Ich nehme jeden dieser unsagbar schönen Anblicke in mich auf, speichere sie.
Auf Amrum leihen wir uns zwei Fahrräder aus. Ausgerüstet mit Picknickrucksäcken starten wir zur Erkundungsrunde. Herrlich, einfach herrlich. Bezaubernder Schmetterlingsflieder, die filigranen Tierchen umschwärmen die Pflanzen, fast lassen sie sich streicheln. Und ich muss an eine nette Mail denken, in der mir der folgende Satz zugesandt wurde: Wer Schmetterlinge lachen hört, der kann den Regenbogen riechen und die Wolken schmecken. Hörst du, wie fröhlich die bunten Falter lachen?! Der Regenbogen duftet so herrlich nach Leben, die Wolken schmecken heute wie Zuckerwatte, süß.

Wir spielen jetzt Fernschach, Ralf und ich. Die Züge werden per E-Mail oder per SMS mitgeteilt. Manchmal vergehen Tage, bevor ein neuer Zug gemeldet wird. Es hat aber auch keine Eile, haben wir doch alle Zeit der Welt. Und die nutzen wir gut.

Im September noch immer herrliches Wetter. Der Kieler kommt mal wieder mit einer guten Idee. Eine Nord-Ostsee-Kanal-Tour. Start in Kiel, bis Rendsburg, dann wieder zurück. Ich bin dabei, gern. Er nimmt sich wieder einen Tag mitten in der Woche frei, einen schönen Sonnentag. Aufregend, was es in unserer wunderschönen Heimat alles zu bestaunen gibt. Warum fliegen Menschen eigentlich so schrecklich weit weg in den Urlaub? Das Gute liegt so nah. Gerade im letzten Jahr ist mir das mehr als einmal sehr bewusst geworden. Bei den Motorradtouren habe ich Gegenden kennen gelernt, schöner kann kein Urlaubsort sein. Und alles in unmittelbarer Umgebung. Zum Greifen nah.

Kurz vor meinem ersten Hochzeitstag als getrennt lebende Ehefrau denke ich darüber nach, warum mein Gatte und ich es nie geschafft haben, unsere Heimat gemeinsam zu erkunden. Warum sind wir nie zur Krokusblüte nach Husum gefahren, haben mal mit dem Rad eine der Halligen durchquert, ein Picknick an der Ostsee oder einen Besuch in einem Heimatmuseum gemacht? Mit Ralf war ich im Gettorfer Schloss. Wir haben uns das Wikinger-Museum Haithaibu angeschaut und, weil es geregnet hat, im Auto selbst gebackenen Apfelkuchen gegessen und Kaffee getrunken. Wir haben eine Sternschnuppennacht an der Ostsee erlebt, mit Meeresleuchten und vielen tollen Vorträgen über die zauberhafte Natur. Wir waren in Seaworld und haben niedliche Seepferdchen und witzige Rochen beobachtet.

Und in der Sauna sind wir gewesen, jahaaa. Unfassbar, nicht wahr? Wo ich doch niemals nicht so etwas tun würde. Es war an einem Regentag. Er hat morgens eine SMS geschickt und gefragt, wie spontan ich sein könne. Sehr spontan, habe ich leichtsinnigerweise geantwortet. Gut, dann treffen in einer Stunde in der Ostseetherme. Schwimmbad, feine Idee, habe ich gedacht. Badeanzug eingepackt, Handtücher und los. Ein tolles Schwimmbad. Mit Whirlpools. Einfach herrlich. Ich war total begeistert. Bis zu dem Moment, wo er mich aufforderte, mit ihm in die Sauna zu gehen.
Sauna? Ausziehen? Nackt? Mit fremden Menschen? Nein, das geht gar nicht. Ich bin fast gestorben, wirklich.

»Du musst nicht«, hat er gesagt, »aber Sauna ist eine feine Sache. Kannst ja dein Handtuch fest um dich wickeln.«
Das habe ich auch getan. Ganz fest. Und nicht losgelassen. Sauna war wirklich schön.

Alle diese Erlebnisse in weniger als einem Jahr. Mein Gatte und ich hätten fast zwanzig Jahre Zeit dafür gehabt. Verflossene Zeit, ungenutzt.

Ich gebe dir mal von Herzen den Tipp: Lass keine Langeweile Einzug halten in dein Leben. Lebe jeden Tag, denn du weißt doch wirklich nie, wann die Tage aufhören. Aber lebe die Zeit nicht allein, sondern nimm deinen Partner mit. Gönne euch außergewöhnliche Auszeiten, und wenn es nur ein Tag mal zwischendurch ist. Es muss nicht immer alles der Norm entsprechen, es muss nicht immer alles funktionieren. Tu auch mal etwas, was andere vielleicht nicht tun würden. Tanze durch den Regen, wenn dir danach ist. Pippi Langstrumpf war es auch egal, was die anderen Leute über ihre Socken gesagt haben. Sie war glücklich!

Im September wird ganz viel getuppert. Sind die Tupperware-Geburtstagswochen. Ich bin also fast jeden Tag tuppermäßig unterwegs und voll im Stress. Selbstgemachter Stress, den ich mag.

Manni schreibt ab und zu auf der Bikerseite im Internet. Wir könnten ja mal zusammen Motorrad fahren, seine Harley und meine Suzi würden sich sicher gut verstehen. Klar, könnten wir. Aber ich kenne seinen Namen nicht, er nicht den meinen. Auch haben wir keine Telefonnummern ausgetauscht. Ich weiß noch

nicht einmal, wo er wohnt. Wir haben nur den Kontakt übers Internet.
Ich bin jeden Tag online. Es ist morgens so ziemlich das Erste und abends das Letzte, online gehen, nach E-Mails schauen, auf der Bikerseite Sticker verteilen und mich über Sticker freuen, ein bisschen chatten mit den Online-Freunden.

Am 3. Oktober, Tag der Deutschen Einheit, vergesse ich, morgens ins Internet zu schauen. Das liegt daran, dass es der einzig freie Tag in dieser Woche für mich ist und ich schrecklich viel Ware packen muss. Die Sonne strahlt, als habe ihr niemand gesagt, dass es bereits Oktober ist. Ich habe meine Tuppersachen alle auf der Terrasse ausgebreitet und sortiere die Ware für meine Kunden. Den ganzen Tag bin ich damit beschäftigt. Irgendwann am späten Nachmittag koche ich mir einen Kaffee und fahre den Rechner hoch. Wenig E-Mails. Und was ist auf der Bikerseite so los?
Oh Schreck. Manni hat geschrieben, mehrere Mails.
9.00 Uhr: Tolles Wetter. Würde jetzt gern Motorrad fahren. Wenn ich wüsste, wo du wohnst, könnte ich einen Kaffee bei dir trinken.
9.15 Uhr: Schade, dass ich nicht weiß, wo du wohnst. Ich fahre gleich Motorrad. Kein Kaffee bei dir?
9.30 Uhr: Packe nun meine Sachen und hole die Harley raus. Vielleicht Kaffee bei dir?
10.00 Uhr: Schade, dann werde ich mal allein über die Dörfer fahren.
Oh menno. Das darf doch wohl nicht wahr sein! Wer hat mir das denn nun nicht gegönnt? Verflixt, verflixt. Ich könnte wie Rumpelstilzchen jetzt hier rumhüpfen. Aber zu spät, einfach zu spät. Habe ja auch keine Handynummer von ihm. Das soll sich ändern. Kurz entschlossen schicke ich ihm per Mail meinen kompletten Namen, meine komplette Anschrift und auch die

Handynummer. Ich tippe mit Herzklopfen und so schnell, als könne ich durch die Geschwindigkeit noch irgendetwas retten.
So, Junge, nun mach was draus, bitte.
Dieser Tag ist vertan. Aber es kommen noch viele Tage im Leben.

Tatsächlich kommt nach einigen Tagen der erste Anruf von ihm. Seine Nummer kann ich nicht sehen, Rufnummernunterdrückung. Schlingel. Hast du Angst, ich könnte dich von nun an mit SMS und Anrufen bombardieren? Na ja, Frauen sind so. Und ich wahrscheinlich ganz besonders.

Ich erzähle Ralf von meinem Harleyfahrer.
»Da ist doch tatsächlich jemand, der sich für mich zu interessieren scheint.«
»Hey, warum auch nicht. Du bist doch eine tolle, begehrenswerte Frau.« Ja, das mit dem »begehrenswert«, da habe ich neulichs so einen schlauen Spruch gefunden, der mir nicht mehr aus dem Sinn geht: Frauen begehren, wen sie lieben. Männer lieben, wen sie begehren.
Musst du mal drüber nachdenken. Steckt wahrscheinlich viel Wahrheit drin. Du merkst schon, ich bin noch immer in der Lernphase.

Auch der Oktober geht dank Tupperware wie im Flug vorbei. Viel Arbeit, viel unterwegs, kaum Ruhe. Aber auch viel Geld verdienen. Diese Monate brauche ich unbedingt. Im November fangen mein Singlefreund Ralf und ich, Singlefrau schon mal an, uns Gedanken über Weihnachten und Silvester zu machen. Wir wollen die Festtage, die wir momentan gar nicht so festlich finden, wohl gemeinsam verbringen. Am 10. November fahren wir gemeinsam nach Niebüll, zu Ralfs Eltern. Seine Mama scheint in mir gleich irgendwie die zukünftige Schwiegertochter zu sehen. Aber Ralf grenzt dieses Thema sofort aus, indem er mich als seine »Bekannte« tituliert. Doof. Er darf mich schon als Freundin bezeichnen, finde ich. Ich bezeichne ihn ja auch als Freund, heute noch. Jedenfalls beschließen wir direkt nach dem Besuch, dass wir Weihnachten auf keinen Fall bei seinen Eltern in Niebüll verbringen wollen. Dann vielleicht nach Hessen, zu meinen Eltern? Wäre eine Möglichkeit. Wir haben noch Zeit. Ist erst November.

Manni habe ich mittlerweile schon mehrere Dates vorgeschlagen, doch irgendwie kommt immer etwas dazwischen. Nun aber schreibt er, dass er am Donnerstag, den 14. November nachmittags zum Kaffee zu mir kommen möchte. Boah, echt? Nachmittags. Sicher arbeitet er irgendwo im Schichtdienst, hat Frühschicht die Woche, vermute ich mal.
Ich verspreche ihm selbst gebackenen Apfelkuchen.

14. November 2002. Superpünktlich klingelt es an der Haustür. Ich Aufregung pur. Dieser zauberhafte Harleyfahrer mit den wunderschönen blauen Augen kommt mich besuchen. Ganz ruhig und gelassen öffne ich die Tür (ich lüge gerade!). Da steht er. Drei rote Rosen hat er mitgebracht. Drei rote Rosen. Ich bin verlegen ohne Ende. Wir essen Apfelkuchen und trinken Kaffee. Sitzen in der Küche. Reden belanglos. Dann bitte ich ihn in mein Wohnzimmer. Mein Wohnzimmer und meine Küche sind eigentlich ein Raum, nur durch eine halbhohe Wand getrennt. Er sitzt mir gegenüber. Wir reden immer noch belanglos. Dann sagt er plötzlich einen Satz, der mich in die tiefsten Tiefen hinabstürzen lässt.
»Du weißt ja sicher, dass ich verheiratet bin!«

Es war keine Frage. Es war eine Aussage. In Gedanken sehe ich seinen Sohn vor mir, damals in Prebelow, beim Bikertreffen. Heike? Nein, die ist nicht seine Frau. Also hatte er gar nichts mit ihr. Tausend Gedanken im Kreis. Warum sitzt er hier, trinkt mit mir Kaffee? Wer dreht da gerade den Dolch so quer durch mein Herz, dass ich kaum noch atmen kann?

»Du weißt ja sicher, dass ich verheiratet bin!«

Ich schlucke. Da ist er wieder, der Kloß im Hals, der mir schon so oft das Leben schwer gemacht hat. Ich bemühe mich um den coolsten aller Blicke. Es gelingt mir nicht. Er sieht mit Sicherheit meine Enttäuschung, meine Erschütterung, mein Entsetzen.
Er ist verheiratet!
Ich beneide still seine Frau. Ich möchte sofort mit ihr tauschen, sofort und auf der Stelle. Ich möchte diese blauen Augen morgens sehen, wenn ich aufwache. Verdammt! Ist es denn zu fassen? Er redet irgendetwas, ich glaube, ich habe es nicht gehört. Er ist verheiratet!

Als er sich verabschiedet, so von wegen danke für den Kuchen und den netten Nachmittag, und wir sehen uns ja, mit den Leuten vom Stammtisch und so weiter, sagt er zu mir: »Einmal möchte ich dich jetzt in den Arm nehmen, sonst traue ich mich das niemals mehr.«
Er nimmt mich in den Arm.
Er nimmt mich in den Arm und ich schmiege und klammere mich so fest an ihn, als wolle ich ihn nie wieder loslassen.
Diese Augen, dieses Lächeln, dieser Blick. Er riecht so gut. Ich möchte ihn nie mehr wieder loslassen.
Er ist verheiratet. Finger weg!

Kleines Krebsherzlein in tiefer Aufruhr. Ich schreibe dir hier jetzt nichts weiter zu dem Thema »Manni«, denn das würde glatt den Rahmen sprengen. Ich sag mal so, das Thema »Manni« würde ein ganzes Buch füllen. Oder sogar einen Fortsetzungsroman. Du verstehst? Das Thema ist noch nicht abgeschlossen.
Als er gegangen ist, fühle ich mich zum ersten Mal in meiner Singlezeit richtig einsam. Wirklich richtig allein und einsam. Und ich weine, den ganzen Abend. Ich höre Queen, Freddie Mercury mit Montserrat Caballé, Barcelona. Guide me home. Und ich weine, den ganzen Abend. Warum, Leben, musst du manchmal so grausam sein? Warum, Leben, schickst du mir Verliebtheit, wenn ER doch verheiratet ist? Ich höre Helmut Lotti, »Sag, warum hallt ein Schrei von dir so endlos durch die lange Nacht.«

Ich habe das Fernschachspiel gegen Ralf gewonnen.
Das Leben will geliebt werden.

So langsam wird es richtig kalt und ungemütlich draußen. Ich mag den Winter nicht sehr gern. Ja, wenn sauberer weißer Schnee liegt und die Sonne scheint, dann gehe ich schon mal gern spazieren und fühle mich wohl, warm eingepackt. Freiwillig in einen Skiurlaub zu fahren, das könnte ich mir niemals vorstellen. Mit der Schulklasse sind wir mal in Bayern in den Bergen gewesen. Schon faszinierend. Ich habe zwei Filme à 24 Fotos nur Berge fotografiert, was mein Papa damals gar nicht witzig fand. Ich schon. Ich fand, jeder Blick sah anders aus. Überwältigend. Zum Anschauen schön, die schneebedeckten Berge. Wohnen möchte ich dort nicht. Stell dir mal die Eskimos vor, bei denen ist das immer kalt. Nein, nein, ich mag Sonne und Wärme. Nur gut, dass ich kein Eskimo geworden bin.

Mein Sohn kommt zu Besuch. Er wirkt verlegen. Ich koche uns einen Kaffee. Er druckst herum.
»Hey, Schatz, was ist los?«
»Mama, der Papa schickt mich. Es wird nun kalt draußen. Ist mir peinlich. Papa hat mir Frostschutzmittel für dein Auto mitgegeben, soll ich einfüllen. Soll ich?«
Ich lache. Das habe ich längst getan. Aber das Frostschutzmittel kann er gern hierlassen. Brauche ich sicher noch. Daniel lacht nun auch. Klar, wer selbst Batterien in Motorräder bauen kann …

Ralf und ich streiten. Na ja, nicht wirklich streiten. Vielleicht liegt es an der Zeit. Ist wieder diese Zeit, die Singles nicht so gut abkönnen. Weihnachten steht bevor. Was machen wir denn nun? Jeder allein zu Hause vor dem Fernseher? Oder doch gemeinsam bei meinen Eltern. Er kann sich nicht entscheiden. Dann entscheide ich eben für mich allein. Ich werde nach Hessen fahren. Auch ohne ihn. Allein sein kann ich nicht. Will ich nicht. Mein Gatte wird nicht allein sein. Er hat wieder eine Herzdame an seiner Seite. Nun drücke ich ihm die Daumen für diese neue Beziehung. Ehrlich. Er räumt das Haus auf, möchte endlich alles loswerden, was noch von mir dort untergebracht ist. So rief er neulichs an und sagte:
»Hier steht noch ein Schuhschrank von dir.«
»Den kannst du gern behalten«, antworte ich, »hab doch gar keinen Platz hier dafür. Und außerdem habe ich meine Schuhe fast alle bei ebay verkauft.«
»Hm, du verstehst mich falsch. Der Schuhschrank ist ja nicht leer. Da sind so circa zwanzig Paar Schuhe drin.«
Schluck …

Meine Wohnung ist sauber, ordentlich, kuschelig …, und so leer. Kommt nun doch das tiefe Loch? Möchte nicht dekorieren für Weihnachten. Möchte keinen Baum haben. Möchte Weihnachten nicht haben.

Ralf und Manni, zwei Männer, die mir gut gefallen. Der eine ist nicht beziehungsfähig, der andere verheiratet. Weihnachten ist doof. Weihnachten ist wirklich doof. Und weil es draußen kalt ist, hat man drinnen zu viel Zeit zum Nachdenken und Grübeln.
Burki findet Weihnachten auch doof. Aber er sagt, wenn man diese Tage einfach als Urlaubstage betrachtet und genießt, dann lässt es sich ertragen. Man muss den ganzen Rummel ja nicht mitmachen. Und es kommen immer schöne Filme im Fernsehen. Alle Jahre wieder, Weihnachten und Silvester.

So, und nun hat Ralf sich doch entschieden. Er kommt mit nach Hessen über die Feiertage. Und Silvester werden wir gemeinsam in einer großen Disco in Kiel verbringen. Also auf zur letzten Etappe des ersten Jahres im neuen Leben. Meine Eltern freuen sich über unseren Besuch. Mit der ganzen Familie verbringen wir einen angenehmen Heiligabend. Die Feiertage nutzen wir zum Besichtigen der wunderschönen Fachwerkhäuser in der Kreisstadt Homberg/Efze. Ralf ist begeistert. Er fotografiert ohne Ende. Erstaunlich schnell gehen die gefürchteten Tage vorbei.

31.12.2002
Erinnerungen. Ich telefoniere mit meinem Gatten und wünsche ihm einen guten Rutsch. Es tut mir noch immer so sehr leid, das letzte Silvester. Er hat mir verziehen. Es ist okay. Vorbei. Wir schauen jetzt nach vorn. Beide. Er sagt, eigentlich müsse er mir dankbar sein. Denn erst durch unsere Trennung hat er seine Fehler

verstanden und eingesehen. Er möchte diese Fehler nicht wieder machen, möchte sein Leben jetzt anders gestalten. Das freut mich.

Silvester in einer Diskothek. Das hatte ich noch nie. Bin aufgeregt. Die Musik gefällt mir, und die Menschen sind fröhlich. Ralf kennt einige Leute und stellt mich ihnen vor. Ganz klar, als seine »Bekannte«. Wir tanzen. So viele gut gelaunte Menschen. Die Zeit vergeht wie im Fluge.

Zehn, neun, acht, sieben, sechs …

Ich denke an meinen Gatten. Ich denke an Manni.
Ich denke an die ganze Welt. Ein aufregendes Jahr zieht in Sekundenschnelle an mir vorbei. Mein Herz klopft wie wild, und ich werde mal wieder sentimental. Tränen in den Augen.

Fünf, vier, drei, zwei, eins.

Frohes neues Jahr!
Ja, ich freue mich auf ein frohes neues Jahr.

Ralf umarmt mich.
»Hey«, sagt er, »nun hast du dein erstes Jahr gemeistert.«
Jepp. Und du hast mich dabei begleitet. Danke dir!

Jahresrückblick 2002: Keine Schuhe gekauft!
Na siehste, geht doch …

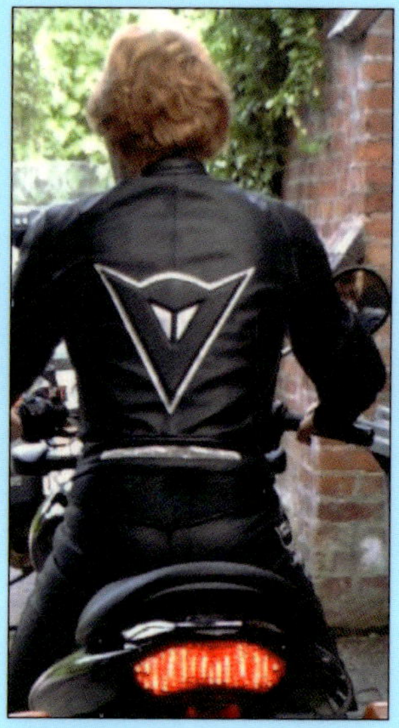

Nach fast zwanzig Jahren Ehe steht für Jutta fest: So kann es nicht weitergehen. Bisher war sie Mutter dreier mittlerweile fast erwachsener Kinder, Hausfrau und das Anhängsel ihres beruflich erfolgreichen Mannes. Jetzt, ein Jahr vor ihrem 40. Geburtstag, ist es Zeit, Abschied vom alten Leben zu nehmen: Sie lässt sich die blonden Locken abschneiden, kauft sich Inliner, macht den Motorradführerschein und will sich von ihrem Mann trennen. Der ist noch ahnungslos.

ISBN-13: 978-3-89950-199-5
ISBN-10: 3-89950-199-3
SG: 59. € 12,90 (D) / SFr 23,50